Kutzo
e o mistério da montanha

Editora Appris Ltda.
1.ª Edição - Copyright© 2023 do autor
Direitos de Edição Reservados à Editora Appris Ltda.

Nenhuma parte desta obra poderá ser utilizada indevidamente, sem estar de acordo com a Lei nº
9.610/98. Se incorreções forem encontradas, serão de exclusiva responsabilidade de seus organi-
zadores. Foi realizado o Depósito Legal na Fundação Biblioteca Nacional, de acordo com as Leis nºs
10.994, de 14/12/2004, e 12.192, de 14/01/2010.

Catalogação na Fonte
Elaborado por: Josefina A. S. Guedes
Bibliotecária CRB 9/870

S967k
2023
	Sutter, Rafael
	    Kutzo e o mistério da montanha / Rafael Sutter. – 1. ed. –
	Curitiba : Appris, 2023.
	    169 p. ; 23 cm.
	
	    ISBN 978-65-250-4561-0
	
	    1. Literatura fantástica brasileira. 2. Magia. 3. Emoções. I. Título.
	
	                                                        CDD – B869.3

Appris
editora

Editora e Livraria Appris Ltda.
Av. Manoel Ribas, 2265 – Mercês
Curitiba/PR – CEP: 80810-002
Tel. (41) 3156 - 4731
www.editoraappris.com.br

Printed in Brazil
Impresso no Brasil

RAFAEL SUTTER

Kutzo
e o mistério da montanha

Appris
editora

FICHA TÉCNICA

EDITORIAL	Augusto V. de A. Coelho
	Sara C. de Andrade Coelho
COMITÊ EDITORIAL	Marli Caetano
	Andréa Barbosa Gouveia - UFPR
	Edmeire C. Pereira - UFPR
	Iraneide da Silva - UFC
	Jacques de Lima Ferreira - UP
SUPERVISOR DA PRODUÇÃO	Renata Cristina Lopes Miccelli
PRODUÇÃO EDITORIAL	Nicolas da Silva Alves
REVISÃO	Bruna Fernanda Martins
	Samuel do Prado Donato
DIAGRAMAÇÃO	Bruno Ferreira Nascimento
CAPA	João Vitor Oliveira dos Anjos

*Para Sérgio e Vanda, que ouviram a história primeiro
e como sábios mestres me guiaram na aventura de escrever um livro;
para Newton, que se mostrou bravo lutador;
e para Marli, aquela que rege com excelência mesmo nas piores crises.*

Prefácio

Pude acompanhar Kutzo desde a sua gestação. Foi sendo gerado aos poucos, dentro da imaginação de um menino que sonhava com heróis e vilões, duendes e magos. Era tão concreto esse sonho que havia até uma terra distante, perdida entre o Velho Mundo e as desconhecidas Américas onde dragões possuíam uma organização social e podiam se comunicar por meio de uma língua própria, o draconês. Os reis dos dragões morreram, fazendo de seu legado três ilhas.

Foi numa dessas ilhas, chamada Kros, que Kutzo Glemoak nasceu. Filho e herdeiro de guerreiros, deveria seguir a saga da família no enfrentamento das poderosas forças malignas que durante séculos ameaçavam os krosianos.

A ideia tomou vida, fez amigos e precisando de mais espaço tomou a forma de um livro em que, como aspirante de guerreiro, enfrenta, com sua espada encantada, mágicos vilões que pretendem destruir não apenas seu país, mas principalmente seu povo. Aprende a arte da magia com aqueles que detêm o saber das gerações anteriores e torna-se um exímio lutador capaz de enfrentar monstros, ardilosos que lançam chamas e raios venenosos.

Kutzo cresce e faz nascer um escritor. Atencioso ao texto, preocupado com a lógica, disciplinado em suas pesquisas. Dono de uma escrita rica em detalhes extremamente minuciosos capazes de conduzir quem lê aos sinuosos caminhos de Kros.

Foi um prazer poder testemunhar esta história. Acompanhar o desenvolvimento do personagem principal, o surgimento dos demais participantes da trama ao mesmo tempo que presenciava o surgimento de uma vocação. Este é o primeiro livro de Rafael, aquele menino que trocava a bola pelos livros e a TV pela escrita. Outros certamente virão, uma vez que o mistério iniciado com este volume precisa ser desvendado a seguir.

Para você, leitor, fica o desafio de percorrer as terras de Kros, conhecer os amigos de Kutzo, descobrir os segredos escondidos por tantos séculos e se preparar para o segundo volume que certamente lhe levará para terras ainda mais perigosas.

Vanda Sutter

Professora e autora de O Entardecer e A Saga de Melchiora

Sumário

Capítulo 1
OS DOIS DRAGÕES E OS JOVENS LUTADORES 11

Capítulo 2
QUARTETO INSEPARÁVEL 16

Capítulo 3
ESCOLA MERLIN II 22

Capítulo 4
DRAGÃO DE POEIRA 29

Capítulo 5
ACADEMIA DE LUTA 37

Capítulo 6
INVESTIGAÇÃO NA CASA MELLUR 46

Capítulo 7
BLECAUTE E A EDELINA MELLUR 54

Capítulo 8
FENRIR 60

Capítulo 9
O SONHO 66

Capítulo 10
O PIOR ANIVERSÁRIO..71

Capítulo 11
CHAMADO OFICIAL...80

Capítulo 12
A AVENTURA SE INICIA..86

Capítulo 13
VILAREJO MAJILLE..93

Capítulo 14
ALÉM DOS MUROS..100

Capítulo 15
GOTA DRACONIANA..112

Capítulo 16
A ACHADA..121

Capítulo 17
O MAIS PODEROSO JÁ VISTO....................................131

Capítulo 18
A CHAVE PARA A VITÓRIA.......................................141

Capítulo 19
A HORA DA VERDADE..147

Capítulo 20
O DRAGÃO NEGRO...154

Capítulo 21
OS HERÓIS...165

Capítulo 1

Os dois dragões e os jovens lutadores

No início das primeiras civilizações, havia dois dragões que voavam entre os continentes do velho mundo e a grande América que ainda seria descoberta. Essas criaturas eram chamadas pelos magos dos povos nativos de Ienzen, irmão do fogo, e Junzen, irmão das marés. Ambos tinham aparências e poderes monstruosos que podiam assustar até o mais bravo dos cavaleiros.

Com um grande estoque de energia mágica, os irmãos eram de longe os seres mais poderosos que o mundo antigo já viu. Ienzen lançava rajadas flamejantes de sua garganta, podendo destruir grandes cidades. Só não se machucava com o próprio poder por conta de sua resistente escama branca, reluzente como uma pedra de quartzo. Junzen usava seus magníficos chifres como concentrador de poder, podendo atirar, a partir deles, uma grande rajada de água com mais pressão do que qualquer rio do mundo – o que já ocasionou a destruição de partes de grandes ilhas.

Esses dragões possuíam uma organização social que dominava um grande território desabitado. Assim, os irmãos Junzen e Ienzen eram vistos como reis pelos outros de sua espécie.

A civilização dracônica começou com pequenas cidades feitas a partir de magia dentro dos mares. A cidade mais famosa é a *Kongerike Av Monstre*, ao norte da Europa, que concentrava milhares de dragões em suas construções primitivas de pedras e areia. Essas rochas podem ser comparadas a casas ou prédios humanos e eram de uma cor muito escura para se camuflar bem no oceano profundo. Se fosse vista por cima, a cidade parecia-se com ruínas abandonadas, mas na verdade eram as melhores construções que um dragão primitivo poderia fazer.

Esses monstros ancestrais criaram um dialeto restrito àqueles que eram de sua espécie, o dragonês – muito confundido, até hoje, com meros rugidos por quem os ouvisse.

Essa espécie era muito inteligente e almejava dominar todos os seres viventes. Inclusive, a ideia de dominação se fortaleceu no momento em que os dragões se adaptaram à vida nos continentes, décadas antes do nascimento dos irmãos, dotados de magia e poder quase divinos.

A princípio, os humanos que habitavam essas regiões, que também eram mestres de magia, tentaram domesticá-los e usá-los como guerreiros em suas lutas de sobrevivência, tarefa essa que acarretou uma guerra civil entre os dragões e cada ideologia sustentada por um dos irmãos dracônicos.

Foram encontrados registros em peças de barro, feitas por homens e mulheres, narrando o grande embate de princípios entre os irmãos – fato esse que originou a chamada Grande Guerra Mágica, em que todos os seres revestidos de magia, incluindo os humanos, lutaram sob as ordens dos poderosos dragões.

Ienzen era a favor do uso dos dragões por parte dos homens, ele achava que as duas espécies poderiam prosperar e buscar a paz mundial. Já seu irmão achava um insulto a ideia de que os homens pudessem usar os dragões para beneficiar sua própria espécie, mesmo que isso fosse feito com sabedoria. Afinal, o irmão das marés acreditava que os homens eram muito egoístas – uma visão completamente diferente de Ienzen, que era completamente a favor de seguir à risca os planos dos dragões.

O que mais enfurecia Ienzen era o quanto seu irmão era cético e só acreditava no potencial de sua própria espécie. A discordância entre os dois levou séculos e séculos e muitos seres morreram por tentar ajudar ou por simplesmente usar os dragões (óbvias vítimas de Junzen).

Depois de severos anos usando todos os seus poderes, os dragões chegaram na última batalha, que foi conhecida como Borodra Genesis. Nesse conflito, os dragões levaram grandes exércitos compostos por humanos e todos os seres mágicos para o meio do oceano. A batalha durou dias e dias, até que em um ataque de fúria, os dragões destruíram as embarcações que levavam os exércitos – estes só conseguiram sobreviver por utilizarem magia para flutuar.

Ao perceberem o estado de seus exércitos, imediatamente os irmãos sentiram-se culpados, pois eles eram os responsáveis pelo recrutamento das tropas levadas para a guerra. As perdas foram muitas, inclusive entre dragões e seres humanos. Eles simplesmente esqueceram que estavam lutando pela prosperidade das raças – por mais que os meios fossem bem diferentes uns dos outros.

Comovidos pela emoção do remorso, ambos concentraram todo o poder que tinham dentro de si, fazendo subir do fundo do oceano três porções de terras que serviriam de lar para os povos mais afetados pelas guerras. Os territórios foram criados cheios de vida mágica, plantas, animais, humanos e tudo mais o que a natureza poderia permitir para uma existência próspera.

Devido ao cansaço de séculos de batalhas, os dragões acabaram perdendo as forças e caíram em duas das terras criadas. Devido à queda, Ienzen esmoreceu e morreu no que viria a ser conhecido, anos e anos depois (em 339 A.C.[1]), como o reino de Bogoz. Já Junzen caiu em uma área mais ao leste do território originado por seu irmão, dando início a outro reino, Dragonland, famoso por ter o formato da silhueta de seu criador.

O clima entre esses dois reinos não era nada tranquilo, devido à guerra ancestral entre os irmãos dragões, que na verdade nunca terminara. Então os maiores magos da terra, naquele momento, previram que haveria um lutador usuário das magias que poderia selar de vez a paz entre os reinos gêmeos, aliando-se a um dos lados, e tornando-se um grande herói.

Alvo de muitas visitações por ser a mais bela das três ilhas, com uma grande diversidade de animais fantásticos, como dragões, elfos, duendes, unicórnios, fadas, gnomos etc., a terceira porção de terra extraída do mar

---

[1] Não se confunda com a.C. de "Antes de Cristo". Nos povos de Borodra, A.C. significa "Antes de Cheizar Cair", mas os dois calendários batem perfeitamente.

seria o futuro reino de Kros, colonizado pelos próprios Bogozianos, no século XIV, após décadas de disputas entre Bogoz e Dragonland para expandir seus territórios.

Com o passar das eras, a magia e a luta se tornaram práticas bem--vistas por todos, principalmente em memória de Junzen e Ienzen. Assim, as criaturas mágicas e os humanos passaram a viver em harmonia na maioria dos locais, sobretudo em Bogoz e Kros. No entanto, este é sem dúvidas o reino mais poderoso entre os dois, graças ao grande Mestre dos Lutadores Henriche, protetor das terras Krosianas e ex-rei do reino Bogoz, que está à procura do grande lutador capaz de selar a paz definitiva entre os territórios. Mas mesmo que grande parte das pessoas não note o jeito conflituoso com que esses países agiam um com o outro, a intriga de éons continua na veia de cada lutador, rei, mago ou civil.

Durante sua longa vida, Henriche teve vários alunos e em todas as suas aulas tentava preparar seus discípulos para o pior: a batalha intermi-nável entre os reinos. Felizmente, o duelo nunca chegou, mas há alguns anos o mestre começou a acreditar que a guerra era inevitável, pois o mal estaria muito mais próximo. Como ele sabia disso? Bem, digamos que ele viu o mal em pessoa diante de si muitas vezes.

No reino de Kros existe uma grande cidade chamada de Austró-polis, conhecida por todos os krosianos por ser a região que mais forma lutadores de elite e futuros mestres – isto é, guerreiros que protegem o reino de grandes ameaças e cuidam de tudo relacionado a outros luta-dores, como missões e torneios – como, por exemplo, a sétima mestre de Kros, Caroline Soulz, conhecida por lutar contra as maiores bestas que já andaram no mundo moderno.

Nessa cidade, em fevereiro de 2003, nasceu um garoto de olhos castanhos e cabelos loiros. Era Kutzo Glemoak, um menino esperto que sonhava em um dia ser o lutador mais forte na face da terra.

Desde muito cedo, o garoto gostava de usar brinquedos como armas e montava seus próprios bonecos usando partes quebradas de outros, um verdadeiro dom para a forjaria, como diriam seus pais. Possuía um senso de liderança um pouco arriscado e poucos queriam que ele se tornasse líder de algum projeto ou time na escola, mas seus melhores amigos, William, Ronald e Rebeca, sabiam o verdadeiro potencial do menino.

Esses quatro eram chamados de quarteto inseparável, sobretudo, por serem amigos desde seus três ou quatro anos de idade e pelo fato de que um nunca fazia nada sem os outros. Assim, definitivamente eles se completavam: Kutzo é um garoto corajoso e muito criativo, Rebeca é a mente do grupo, Ronald é a pessoa que tenta acalmar os três com sua sabedoria incondizente com a idade e, por fim, temos William, um menino tímido, porém com uma vontade de aventura muito grande.

E como todas as crianças do reino, aos seis anos esses quatro jovens iniciaram seus treinamentos na Academia de Luta de Kros para se tornarem lutadores e, um dia talvez, travarem batalhas contra grandes ameaças.

Capítulo 2

Quarteto inseparável

    Eram sete horas da manhã e o sol começava a iluminar o sobrado dos Glemoak, uma casa elegante com aspectos modernos e paredes claras que recebem a luz amarela do nascer do dia.

    Na varanda, alguns pássaros pequenos pousavam para uma canção alegre de bom dia. No jardim, insetos mágicos como a Joalux de Kros voavam, de flor em flor, em um rastro de luz.

    Já dentro do sobrado, o dia começou quando os raios solares adentraram em um quarto com paredes brancas e vários posters e quadros dos 11 grandes mestres lutadores. Havia molduras com espadas feitas de biscuit, pedras e outros materiais que Kutzo usou seu "dom" para montar. Em cima de uma mesa desarrumada, livros de matemática, história, feitiços e de magia foram deixados de qualquer jeito. Na cama, coberto com grossos cobertores, peludos como um urso, um garoto que só podia ser visto por causa de seus cabelos loiros que brilhavam com a luz do sol. Quando toda essa luminosidade chegou aos seus olhos, ele foi forçado a acordar mais rápido do que com um balde de água gelada.

    — Aaaah! — reclamou Kutzo tirando a mão do cobertor para tapar a luz — Já está na hora?

O menino se sentou na cama e olhou para o relógio digital na parede — que fazia barulhos irritantes desde que Kutzo tentou fazer um transplante de engrenagens nele — e viu que marcava seis horas e três minutos. Tomou um susto com o horário e jogou todos os cobertores para o lado, levantando-se logo.

Com um aceno de mão fez o guarda-roupa se abrir — uma mágica simples que crianças aprendem cedo em Kros — e com a outra mão puxou a roupa que ele queria usar. Kutzo andou sonolento, tentando fazer a roupa flutuar até o banheiro, mas como de costume, ela continuava a cair no chão. Frustrado, pegou-a e entrou no banheiro para tomar banho.

Após alguns minutos, saiu apressado vestindo sua jaqueta cinza em cima da camisa preta e calças jeans e apanhou os livros em sua escrivaninha. Tentou organizá-los na mochila do melhor jeito que podia, apesar de sua pressa. Jogou-a no ombro e correu pelo corredor que levava à escada, pulando os degraus de dois em dois, chegando a uma grande sala decorada com móveis de madeira maciça, sofás espaçosos e paredes repletas de quadros retratando a família. Como sempre, olhou com admiração as pessoas ali eternizadas e refletiu sobre o quão grandiosas foram em seus tempos. Seu olhar desviou quando sentiu o cheiro vindo da cozinha, onde sua irmã preparava um ovo frito em uma frigideira.

A garota tinha cabelos dourados e olhos azuis como o céu. Ao ver Kutzo, ela virou-se e tirou os cachos que caíam em seu rosto, abriu um sorriso e disse:

— Quer ovo?

— Não, Carol! Obrigado. Prefiro bolo, mas...

— O que aconteceu com sua perna? — perguntou o menino, percebendo que a irmã mantinha um dos membros encolhido.

— Floquinho me acordou arranhando minha perna — respondeu Carol, referindo-se ao seu gato.

— E você está bem? — o irmão perguntou tentando transparecer preocupação, por mais que não se importasse tanto.

— Bem... Até que estou, foi só um susto — afirmou a mais nova, levantando um pouco a calça de moletom e mostrando a canela com alguns cortes.

— Ah, não foi nada! — debochou Kutzo.

— Não mesmo, mas imagina ser arranhada enquanto dorme! — ela respondeu pegando a frigideira e passando o ovo para o seu prato, que já estava cheio de outras coisas.

— Carol, você é uma lutadora em treinamento! Deve ter a guarda alta sempre — brincou o menino, segurando o riso.

— Ah! Seu...

A garota deixou o prato na mesa e virou-se para Kutzo fazendo movimentos suaves com a mão, de maneira a surgir uma aura branca em volta dela. Kutzo ergueu a mão e jogou o corpo para o lado, fazendo aparecer uma luz esverdeada em seus dedos. Os dois ficaram se olhando esperando alguém lançar o primeiro feitiço, até que a garota puxou a mão que estava esticada para trás, direcionando a aura para seu irmão, que prontamente retribuiu o movimento, atirando-lhe a luminescência que brilhava em si, mas por algum motivo os dois feitiços pararam no ar.

— O quê? — Kutzo perguntou para si mesmo, levantando a sobrancelha.

— Como? — questionou Carol, igualmente confusa olhando os feitiços no ar.

— O que eu disse sobre brigas na cozinha, crianças? — Uma voz feminina metálica, vinda da porta, fez com que eles se virassem, engolissem em seco e reconhecessem a mãe, Mary, uma mulher alta de cabelos compridos e vermelhos como o fogo, que estava usando seu uniforme de lutadora de elite. As roupas escuras contrastavam com a luminosidade do exterior.

A mulher foi até os filhos e desfez os feitiços com um corte horizontal com as mãos.

— Uau, mãe! Como você fez isso? — perguntou Kutzo, maravilhado com a ação.

— Você irá aprender isso nos próximos meses — a mulher respondeu olhando para o filho — Mas posso saber o motivo da briga?

— Kutzo falou que eu não era uma boa lutadora! — afirmou a garota.

— Que mentira! — o menino rebateu — Eu só comentei que...

Carol abriu a boca para responder e dar início a uma discussão, porém a mãe decidiu interromper para que não houvesse mais brigas naquela linda manhã de inverno. A mulher puxou com magia duas sacolas de papel e as colocou nas mãos dos dois irmãos.

— Tá bem, eu entendi! Agora vão para a escola, senão vocês irão se atrasar — disse após os filhos pegarem as sacolas — Não há tempo para comer aqui agora, seu pai e eu temos uma missão urgente pela manhã.

— Mas... Até mais tarde, mãe! — disse Kutzo pegando um pedaço de bolo para comer.

Kutzo não estava muito animado para as aulas que teria hoje, já que seriam poucas matérias mágicas como feitiços. Mesmo assim, ele estava bastante interessado na aula de técnicas de combates, iniciadas no começo deste mesmo ano.

Os dois irmãos saíram do sobrado tomando seus respectivos cafés da manhã. Após poucas curvas em seu caminho, eles chegaram a um gramado cercado por tábuas de madeira que cheiravam a tinta fresca. Da fachada da casa, enfeitada por várias flores que reluziam à luz do sol, saiu uma menina, seguida por três cachorrinhos. Os cabelos da garota eram longos e um pouco ondulados, a cor castanha foi descolorida nas mechas perto da testa. Com uma voz doce e confortável, ela disse aos filhotes que entrassem novamente em casa e eles a obedeceram prontamente. Em seguida, com seus olhos claros, tão lindos quanto as flores, a jovem sorriu simpaticamente para Kutzo.

Com a cabeça baixa, e seguindo pelo caminho de pedras que havia em seu jardim florido, a garota se apoiou na cerca de madeira ao chegar na frente dos irmãos. Kutzo abriu um enorme sorriso ao ver a amiga e disse levantando uma de suas mãos:

— Bom dia, Reb!

— Oi, Kutzo! Como foi sua noite? — perguntou Rebeca, acertando a palma de sua mão na do garoto.

— Eu fiquei treinando alguns feitiços depois que você desligou o telefone.

— Ah! Então era com ela que conversava. — concluiu Carol, dando uma leve risada e acenando para eles — Vou na frente para encontrar com a Mikhaela!

Kutzo se virou para a irmã mais nova e balançou a cabeça positivamente, depois voltando o olhar para Rebeca, sua melhor amiga desde sempre, retomou a conversa:

— Feitiços de mudança climática são péssimos de treinar!

— Não são! Eu treinei perfeitamente! — a garota colocou a mecha dourada por trás da orelha — Espera, você treinou no quarto?!

— Não tinha onde treinar... — o menino começou a se explicar.

— Kutzo, são feitiços climáticos! — Rebeca o interrompeu firmemente, dando ênfase na palavra "climáticos".

— Eu sei, mas pensei que talvez funcionasse em lugares fechados. Você sabe que levo mais jeito com espadas e tal, né?

— Mas não funciona direito! Feitiços climáticos, segundo a professora, só funcionam corretamente por meio do contato com o mundo exterior — a menina explicou com um tom gentil em sua fala, colocando a mão nos ombros de Kutzo.

— Tá bem! Vou tentar quando voltar da academia de luta. Mas se não der certo, aí o problema não vai ser o lugar! — respondeu ele em um tom debochado, seguido de uma risada abafada.

— Besta... — sussurrou a garota antes de dar um leve tapa nas costas do amigo.

Enquanto andavam, calmamente, para a escola, Kutzo falava animado sobre o campeonato de lutadores que aconteceria em poucos dias.

— Eu vou participar a todo custo! Treino há mais de cinco meses ativamente, Rebeca! Precisamos de emoções para sermos realmente lutadores!

A amiga até respondia no início do assunto, mas como Kutzo, tomado pelo entusiasmo não parava de falar, Rebeca então desistiu de responder e só balançava a cabeça como se concordasse, por mais que tenha se perdido no assunto muitas ruas atrás.

— Olha o Will! — interrompeu a menina, apontando para um garoto parado na frente de uma das casas pelas quais passavam.

Kutzo parou um instante e pensou em quanto tempo ficou falando. Ao avistar o menino que acenava para eles, levantou a sobrancelha surpreso ao se dar conta de que já estavam perto da casa do amigo, o que justificava o fato de Rebeca ter começado a respondê-lo daquele jeito.

Will se aproximou dos outros dois. O garoto era alto demais para a sua idade, trazia cabelos longos, da cor troncos dos pinheiros, que quase cobriam seus olhos. Em seu largo rosto, logo se abriu um simpático sorriso.

— E aí, Kutzo e Reb! — disse o menino alegremente.

— Tudo certo? — perguntou Kutzo feliz por ver seu amigo — Estava falando com a Reb agora há pouco sobre o torneio.

A garota lançou um olhar impaciente aos dois e quando Will ia responder, ela disse que iria na frente. E assim partiu seguindo a rua em passadas apressadas.

Kutzo deu uma risada e continuou a falar.

Capítulo 3

Escola Merlin II

    O caminho até a escola passava por uma rua que levava a um lindo campo verde, repleto de arbustos que se estendiam por quase todo o terreno, formando um corredor natural cheio de flores para encher de cores os jovens, caindo de sono, que ali passavam.

    A entrada da instituição era guardada por um grande portão dourado ornado por figuras de animais mágicos com olhos que brilhavam, com uma luz turquesa, todas as vezes que um aluno passava. Kutzo sempre imaginou como funcionava aquela magia, mas nunca quis procurar a fundo, já que sempre que pesquisava algum novo artefato sentia vontade de reproduzi-lo. Ao lado do portão, uma placa também dourada dizia: Escola Merlin II, a escola oficial da Academia dos Lutadores da cidade, para o fortalecimento intelectual de nossos cidadãos.

    Ao passarem pela figura de um centauro, os meninos ouviram:

— Bem-vindos de volta, senhores Glemoak e Mellur! E você também, senhorita Donalds.

— Ronald já chegou? — perguntou Kutzo esticando seu pescoço para tentar encontrar o garoto entre os alunos que chegavam — Será que ele se esqueceu de ativar o despertador?

— Acho muito provável — disse Will.

Um sinal tocou no final do corredor em que eles entraram e as portas se abriram sozinhas. Uma luz piscou à frente de cada uma delas, sinalizando a série escolar e a disciplina que iria ser ensinada.

— Ah! Agora é história, que saco! — gemeu Rebeca.

Quando o trio chegou à sala de aula, que ficava no fim do corredor por onde entraram, viram-se diante de um amontoado de alunos. Murmúrios e risadinhas eram ouvidos e se diferenciavam da confusão de sons encontrada no corredor. Kutzo se aproximou do aglomerado de estudantes e conseguiu ver, entre algumas pessoas, o professor de história, Senhor Collins, com um papel em mãos — o qual o menino teve que forçar um pouco a vista para enxergar.

O garoto se virou para os outros e disse:

— São as provas!

— Ah! Então bora pegar um lugar! — disse Will, sentando-se de qualquer jeito em uma das cadeiras.

— E lá vamos nós descobrir quão ruins foram nossas notas! — suspirou Kutzo.

— Só se for as de vocês! Eu fiz a prova toda em menos de sete minutos — provocou Rebeca, jogando os cabelos para trás

— Grande coisa! — Will debochou — Eu fiz em oito! O que importa não é o tempo!

— É o sujo falando do mal lavado! — comentou Kutzo, dando uma risada abafada.

Atrás de Will, uma fumaça preta aparece formando um fino tubo, chamando a atenção de Kutzo, que se levanta imediatamente. O tubo logo se expande e forma uma silhueta facilmente reconhecida pelos garotos, que logo se acalmaram e voltaram a se escorar no encosto da cadeira.

A fumaça se dispersou rapidamente pela sala, por conta do ventilador que estava ligado, e aquele gás escondia o quarto integrante do quarteto: um garoto baixinho com grandes cabelos loiros e sardas por todo o rosto, que dava um sorriso aos amigos mostrando seus avantajados dentes frontais.

— Acharam que eu iria me esquecer de novo? — perguntou Ronald com um ar orgulhoso em suas falas.

— Hã... — Kutzo ia falar algo, mas desistiu quando Rebeca disparou:

— Bela técnica ninja! Como você a fez?

— Simples! Transmutei o ar em volta da sala para virar fumaça e fiz o feitiço de invocação — respondeu Ronald.

— Espera! Dá para usar invocação em si mesmo? — perguntou Rebeca maravilhada.

— Sim, sim! Mas eu demorei dias para conseguir!

Will observava atentamente a conversa deles e ajeitou a franja jogando o rosto para o lado. Ao erguer as mãos para fazer duas mochilas mudarem de posição, o menino disse:

— Pois é! Talvez seja como transportar objetos grandes por magia, sei lá!

A conversa rolou solta na sala até o professor Collins se levantar e falar que iria colocar as notas no mural mais tarde. O homem de cabelos grisalhos e barbicha branca, que apresentava sinais de pintura desgastada, dirigiu-se ao quadro e com um dos dedos escreveu com letras fosforescentes: Continuação da descoberta de Kros

Kutzo então perguntou curioso:

— Senhor, os antigos não sabiam da existência dessas terras?

— Sr. Glemoak, essa história é muito confusa. Então preste atenção, viu?

— Pois bem, como dito na aula anterior, os exércitos de Ienzen e Junzen se espalharam nas terras mais próximas e por isso não chegaram à região mais ao norte, que hoje é Kros. Sim, eles sabiam da terceira ilha formada por acaso pelos dragões, mas não tinham coragem de se aproximar com medo de lendas que se espalharam e também não tinham a tecnologia necessária para viajar por longas distâncias em mares desconhecidos. Então, Bogozianos e Draconianos seguiram os próximos séculos mal se importando com essa terceira ilha.

— E a profecia? — perguntou uma aluna atrás de Ronald.

— Veja bem, Senhorita, a profecia fora escrita em um ritual para prever com magia o fim de uma guerra. De fato, a predição do herói instigou muitos a procurar a terra, mas como eu disse antes, eles não tinham como ir até lá. E ainda, Bogoz com medo da derrota junto da sede de poder para o futuro, fez um grande mago-lutador ocultar qualquer terra tão mágica quanto os dois reinos... Acabando por ocultar o terceiro terreno por mais de 1.400 anos! Deixando-o visível, apenas por coincidência — ou não —, quando o reino de Bogoz tinha condições de zarpar em sua direção.

— Ouvi dizer que foi o mestre Henriche quem confidenciou ao rei sobre a existência do tal herói em algum lugar desconhecido. — acrescentou Will para Kutzo em tom baixo.

— Talvez seja um futuro mestre! A profecia fala sobre um lutador que vai ajudar um dos lados, certo? – perguntou o garoto ao amigo.

— Sim, mas quem vai saber qual dos reinos modernos? Tipo, é impossível saber quem e onde. Já tentaram muitas vezes achar ou se tornar o herói, mas nunca deu certo. Até hoje esse mistério está aí.

— Exato! — exclamou Kutzo — Eu acredito que qualquer um pode ser o herói!

— Meh! Acho que é alguém destinado... — resmungou Will, deitando-se sobre a mesa.

— Will, se essa pessoa vai selar a paz em uma guerra milenar... É improvável alguém nascer com tanto poder!

— E se qualquer um pudesse ser, já teríamos paz antes mesmo do Mestre Henriche existir!

— E isso é tempo, hein! — Ronald disse em meio a risos — O velhote viu Adão nascer...

Ele apontou para a foto em seu livro aberto. Henriche era um senhor de pele clara, cabelo branco e ralo, nariz robusto, olhos verdes que se destacavam entre as rugas e uma barba bastante volumosa.

— Shhh! — Rebeca os repreendeu em tom de censura.

Kutzo se virou para a frente e voltou a anotar a matéria em seu caderno, pensava no que seu amigo dissera. Por mais que entendesse seu ponto de vista, ainda acreditava que as pessoas têm um grande poder escondido dentro delas, bastando apenas desenvolvê-lo.

É óbvio que o menino pensava assim, já que seu sonho é ser um grande lutador capaz de usar não só a força, mas também seus conhecimentos de forjaria para se destacar. Um sonho muito subestimado, afinal, ninguém acha que um artífice poderia se dar bem lutando e isso, de certa forma, incentivava Kutzo a seguir.

Mais tarde, no recreio, Kutzo e seus amigos ficaram andando pela escola como de costume. Em meio à caminhada, ele percebeu que o sanduíche que sua mãe lhe dera era de atum — completamente diferente do gostoso presunto que desejava. O menino comia em silêncio enquanto sofria com a textura estranha da comida, mas não quis comentar por saber que seus amigos iriam chamá-lo de fresco ou algo assim. Ao invés disso, conversava com Will sobre o jogo de cartas que haviam jogado no dia anterior.

— Claro que ganhou! — Will afirmou, enquanto passavam pelas estátuas no corredor — Usou cartas de poder acima de XXX!

— Ninguém disse para mim que estávamos criando novas regras — respondeu Kutzo sarcasticamente com um sorriso no canto da boca.

— Hahaha! — Will riu, obviamente falso para o amigo.

Kutzo ergueu as mãos, parando de andar instantaneamente, e começou a observar o céu limpo. Os amigos o olharam confusos. Quando o garoto ia dizer o que estava prestes a fazer, ele suspirou e cerrou os dentes fazendo alguns movimentos com a mão.

— Junte os ares que se locomovem e criará uma nuvem... – rimou Kutzo baixinho.

Surgiu diante dele uma pequena esfera branca que começava a tomar a forma de um grande algodão. O garoto a fez levantar voo, em direção ao céu, enquanto Will erguia sua mão na mesma altura.

— Esqueceu de multiplicar! Podemos treinar melhor na academia hoje. — disse — *Pollaplasiázo* nuvem! — da nuvem de Kutzo surgiram pequenos braços, do mesmo material, dando origem a mais quatro nuvens.

— Eu acho que estou ferrado para a prova de feitiços! — resmungou Kutzo, colocando a mão na testa e observando a nuvem voar e voar. — O Professor Cooper disse na última aula que a prova será somente com base nos feitiços de clima!

— Você consegue! Basta treinar! — Ronald encorajou o amigo.

— Não sei...

— Vamos! Você é um dos melhores! — continuou Ronald, colocando a mão no ombro dele.

— *Um* dos melhores! Muito bem *lembrrado*, Ronald! — disse uma voz fria com sotaque francês que vinha se aproximando — Eu e meu irmão somos *tombém* dois dos melhores, sabia? Mas um pouco acima de Kutzo no *rranking*!

Kutzo se virou para ver de onde vinha aquela voz e encontrei uma garota alta, de pele negra e um rosto definido, coberto por uma grande juba de cabelos cacheados escuros. Como ele nunca havia visto aquela garota até então, perguntou:

— Quem é você?

— Não se *lembrra*, pequeno Kutzinho?

— Elizabeth Sher era da nossa turma antes do fundamental, irmã do Thomas Sher... — explicou Ronald com um leve desprezo em sua fala — Ela e o pai foram morar em Lyon antes de iniciarmos o primeiro ano.

— Elizabeth? Não acredito! — Kutzo disse, com as sobrancelhas levantadas, diante de tal informação — Mudou muito nesses seis anos!

— Linda, não? — Elizabeth questionou, jogando os cachos para o lado.

— É para responder? — retrucou Will. Ronald e Rebeca deram risadinhas.

— Esnobe como sempre foi, nisso não mudou nada! — Kutzo deu uma risada após a fala — O que te faz achar ser melhor do que eu?

— Hahaha! Tudo! Fui treinada pela própria mestra francesa, Maxie Chapelle.

— Hum... Grande coisa! — disse Kutzo, tentando parecer indiferente, mas um pouco curioso sobre como seria ser treinado por um mestre. Apesar de seu tom, por dentro, o menino pensava que aquilo era uma grande coisa, de fato.

A garota riu e se aproximou de Kutzo em poucos passos, colocando o dedo na frente de seus olhos, apontando para o rival:

— Na academia, meu irmão e eu vamos te derrotar! — afirmou em tom de ameaça.

— Tire agora o dedo da cara dele! — Rebeca ordenou zangada.

— Olhe só, *prrotegendo* ele? *Tombém* vamos nos *encontrrar* e vou *fazerr* essas mechas *dourradas ficarrem* da *corr* desse chão! — Elizabeth virou-se de costas e olhou para os quatro por cima do ombro — Nada? *Parrece* que a *corragem* dos *lutadorres krrosianos* sumiu nesses anos!

— O quê? — perguntou Kutzo sem entender o que ela disse, mas sentiu seus punhos fecharem de raiva pelo insulto. Ela não poderia ter falado da coragem krosiana.

— Na *Frrança*, quando um *lutadorr* chama *outrro* em um embate...

— Devem aceitar? — questionou Will tão confuso quanto Kutzo.

— Ao menos *rresponderr*!

— Você nem chegou a nos convidar! Só ameaçou depois de ofender Kutzo! — exclamou Rebeca.

— Ofender? — perguntaram Will e Elizabeth ao mesmo tempo.

— William, ela só falou que o irmão e ela eram mais fortes. — disse Ronald.

— Ofensa! Um lutador de Kros não deve... — William começou a dizer, mas parou ao ver Kutzo fazendo um sinal com a mão, indicando que ele se acalmasse.

— Então *quarrteto*, bocó? Aceitam?

Os quatro se entreolharam e Kutzo conseguiu sentir um ânimo entre os amigos. Então, com toda a sua bravura conseguiu dizer — ainda que com dúvidas sobre o quão poderosa Elizabeth estaria — que eles aceitaram o desafio.

Em seguida, o menino apenas se virou e saiu andando normalmente. Apesar da surpresa de rever Elizabeth, aquele reencontro não fora algo tão importante ou impactante, mas conhecia bem o gênio difícil dos Sher, já que o irmão dela, Thomas, já o havia infernizado bastante.

— Acho melhor não fraquejarmos numa futura luta! — disse Ronald com a voz um pouco trêmula.

— Isso não vai acontecer! — respondeu Kutzo, arrumando sua franja loira que cismava em cair.

Capítulo 4

Dragão de poeira

Pela tarde um vento cortante e gelado obrigou os quatro amigos a colocarem casacos grossos para não virarem quatro picolés. Kutzo tentava aquecer suas mãos colocando-as dentro dos bolsos, mas sentiu a ponta do seu nariz congelar quando tiveram que seguir por uma rua no sentido contrário do vento. Felizmente entraram em um ônibus, para seguir os próximos quilômetros, que os levariam para a rua anterior a uma das pontes que cruzavam o rio da cidade.

— Vocês levaram a sério mesmo a ameaça da Elizabeth? — perguntou Rebeca para quebrar o silêncio da caminhada.

— Não diria muito... — respondeu Kutzo — Mas não gosto do fato de ela nos subestimar!

— Isso é ridículo! Dar ouvidos à primeira besteira que ela fala em seis anos... — disse Rebeca colocando a mão na testa.

— Ridículo? Para mim ridículo mesmo é deixá-los sonhar que são melhores do que nós! — Will falou antes mesmo de Kutzo pensar em abrir a boca.

— Não é bem assim que as coisas funcionam, William! — sibilou a garota.

— Vocês aí podem parar de brigar? — Kutzo indagou enquanto se virava para trás — Nós só aceitamos um desafio, que é lutar com os Sher...

Os dois nem olharam para ele.

Kutzo respirou fundo e seguiu andando pela ponte em direção ao outro bairro, ignorando a discussão. Não queria falar nada, mas em seus pensamentos começou a imaginar como seria ser treinado por um mestre dos lutadores. O garoto se imaginou empunhando sua espada e correndo por aquelas ruas com o lendário Henriche o supervisionando. Um sorriso se formou enquanto desciam a escada da ponte para chegar em uma área repleta de prédios que misturavam um estilo renascentista com um toque moderno das metrópoles atuais.

— *Gigalo Nicolau, Rua dos paladinos.* Ao ler a placa, Kutzo não tardou em virar para trás para observar os companheiros de caminhada, notando que eles pararam de falar e pareciam aborrecidos. Ele foi até o amigo e esticou o braço para conseguir alcançar o ombro de Will.

— Então, Will... — Kutzo começou a falar, tentando quebrar o terrível gelo que se formava entre eles e que era ainda pior do que o frio que fazia — Planos para o aniversário?

— Não, mas falta muito. É só na terça-feira...

— Cara... — disse Ronald segurando uma risadinha — Sabe que dia é hoje?

— Sei! Tem como esquecer o tédio de uma segunda?

Todos pararam de andar de repente e observaram o menino. Kutzo e Rebeca se entreolharam, enquanto Ronald esperou Will desfazer a expressão de desentendido do rosto, o que — para Kutzo — demorou um pouco mais do que deveria.

— É amanhã! — exclamou Will, jogando seus cabelos castanhos para o lado após o choque de surpresa.

— Imagina se fosse aniversário de outra pessoa! — Kutzo riu puxando os três para atravessar a rua.

A caminhada dos amigos seguiu por mais algumas ruas, até finalmente chegarem perto da academia. Para variar, entraram em um beco sem saída, e Rebeca foi a única que conseguiu adivinhar o local exato que deveriam seguir para não se perderem na grande cidade. Os quatro passaram por uma estreita galeria, cheia de anúncios estranhos em telas de neon na frente das lojas. Em seguida, contornaram uma praça de forma hexagonal, coberta por uma lona muito delicada, de cor azul-claro, que filtrava os raios solares e onde várias pessoas conversavam tranquilamente sob o que parecia ser um céu estrelado.

A saída da praça dava para um túnel escuro. Kutzo não conhecia aquela área da cidade e ficou tenso, manteve a mão dentro do bolso o trajeto inteiro e parecia estar procurando alguma coisa em meio às mil inutilidades que ali carregava. Ele não via a mesma preocupação nos olhares dos outros três, então ficou em dúvida se eles já estavam habituados com aquele lugar ou só não se importavam com a atmosfera um tanto amedrontadora. De repente...

FRUM!

Do fim do túnel, onde só se conseguia ver a luz entrando de maneira cegante, Kutzo viu um grande lagarto alado, com um tom de pele vinho e olhos pequenos nos dois lados do focinho negro; tendo na ponta de suas asas quatro espinhos que se afinavam até chegar ao tamanho de uma cabeça de alfinete. Gritos vindos de fora e de dentro do túnel estouraram como se alguém tivesse aumentado o volume de uma caixa de som enorme.

— Um dragão! Socorro!

— Como esse dragão chegou aqui? — perguntou Rebeca indo até Kutzo — Deveriam estar no abrigo como os outros dragões da cidade!

— Algo me diz que este não é do abrigo, Reb. Lá tem os mansos, como o meu de estimação, mas... Esse cara parece o contrário disso — falou Kutzo um pouco assustado, já que estava a alguns metros de uma fera — Em todo caso...

O menino tirou a mão do bolso e jogou no ar algo prateado muito parecido com um chaveiro em forma de uma adaga e gritou:

— øke! — Imediatamente, o objeto aumentou de tamanho permitindo que fosse empunhada pelo garoto, assumindo a forma de sua espada de batalha.

Will invocou um arco reluzente enquanto Rebeca pegava de seu bolso duas pequenas facas. Ronald se virou para trás e começou a orientar as pessoas para que dessem meia-volta. Alguns obedeceram enquanto outros ficaram paralisados olhando o dragão. Kutzo não entendia muito bem o tanto de pânico, já que se tratava somente de um animal, apesar da aparência monstruosa. No entanto, o garoto não tinha tempo suficiente para pensar nisso. Ele então ficou olhando o dragão se aproximar, esperando o momento certo.

Quando a criatura chegou mais perto deles, fitou Kutzo com seus olhos vermelhos vibrantes e rugiu furiosamente dando um grande impulso e mergulhando no ar na direção do garoto que, por sua vez, puxou o braço para trás enquanto girava o tronco. A espada paralisou o longo pescoço da criatura, desviando-o para o lado.

Kutzo sentiu o animal respirar pesadamente. O ar quente que saía das enormes narinas fez com que o garoto tossisse e sentisse a garganta coçar muito. Teve que parar de fazer força com a espada para recuperar o fôlego. Com a afrouxada, o dragão empurrou violentamente a espada e Kutzo a viu cair muito mais longe do que o seu braço alcançaria.

O dragão se pôs em pé pela primeira vez e agitou suas asas e levantou a cabeça como se desdenhasse daquelas crianças. Will aproveitou o momento para disparar algumas flechas, que voaram como um feixe rápido de luz na direção do peito do animal. Para a surpresa de todos, a luz simplesmente voltou para o conjurador mais rápido do que foi. Rebeca, por estar entre os garotos, jogou uma de suas facas na frente do feixe de luz. Naquele instante, Kutzo apenas ouviu um som metálico e uma explosão de luz o cegou por um momento. O zumbido ainda ecoava em sua cabeça e, um pouco tonto, viu a faca de sua amiga no chão em cacos. Conseguindo ouvir apenas alguns sons abafados, o menino virou-se com um pouco de dificuldade.

Ao fazer isso, viu a grande fera, que mais parecia um furioso lagarto, abrir completamente a boca. As sobrancelhas do garoto se levantaram e o seu queixo caiu. O dragão puxou o ar de maneira tão intensa, que até fios de cabelo loiros de Kutzo foram puxados. O pescoço da criatura brilhava intensamente, tornando o tom vinho em uma coloração escarlate vibrante.

TCHIUM!

Um fogaréu explodiu da garganta da criatura e Kutzo experimentou um calor nunca antes sentido na ponta do nariz. Por sorte, conseguiu se jogar para o lado e sair de perto da labareda, rolando no chão. Aproveitou e esticou o seu braço para pegar a espada, virou seu olhar e conseguiu ver que os amigos formaram um escudo de magia, pelo qual o fogo parecia deslizar até o chão.

— Esse animal tem uma energia diferente dos outros! — os amigos ouviram Rebeca dizer. Como ela tinha uma ligação com os animais que ninguém conseguia explicar, simplesmente sentia-os — É confuso... parece carregar mil sentimentos em um corpo!

Com um pulo, Kutzo se levantou e foi correndo até uma das patas do grande dragão, completamente sem controle de seus movimentos, apenas seguindo a adrenalina e a explosão de coragem que dominavam seu coração. Ao direcionar a lâmina para a escamosa pele do dragão, tentando se esquivar das faíscas que pulavam para fora da rajada, o garoto foi surpreendido: as garras enormes acertaram em cheio o seu braço!

— ARGH! — exclamou ele, tentando se soltar com a outra mão, mas não conseguindo. Sua espinha congelou ao ver a pupila negra sem vida do dragão se voltar para ele.

A rajada de fogo cessou e um grito vinha do escudo mágico que acabara de ser desfeito, era Ronald sacando suas duas katanas e correndo na direção da criatura. Ele desviou-se da outra pata cheia de garras e pulou nas costas do dragão. Em seguida, passou as duas armas pelo pescoço do animal como se o abraçasse com as lâminas. O dragão soltou um grunhido e Kutzo entendeu que ele estava sendo enforcado. Logo, sentiu sua pele se soltar de repente e foi se afastando da criatura com a mão canhota segurando o antebraço que ainda doía como se tivessem jogado um piano em cima.

— Boa, Ronald! — disse o garoto aliviado.

— Não é que deu certo? — o amigo respondeu admirado.

As asas enormes começaram a se debater violentamente, como um peixe que se debate fora d'água. O dragão então levantou voo e Ronald se desequilibrou. O garoto deslizou pelo longo pescoço do animal e, por alguma sorte — "Um milagre!", pensou Kutzo —, o menino conjurou uma névoa que o fez ficar de pé e aparecer ao lado de seu amigo como fizera na mesma manhã.

— Ele vai fugir! — berrou William, apontando para o animal que começava a dar meia-volta.

— Deixa comigo! — Rebeca disse, antes de voar na direção do dragão. Ela corria tão rápido que até alcançava a criatura — Vamos ver se esse bicho vem do abrigo...

Ao ouvir a fala de Rebeca, Kutzo começou a correr acompanhando a amiga com a espada em mãos. Assim, os quatro saíram do túnel e começaram a correr pela cidade com dificuldade. Kutzo, além de desviar de vira-latas, postes e afins, tinha que cuidar para não esbarrar nas pessoas que olhavam abismadas para o dragão — que a essa altura, estava tão alto quanto um prédio de dez andares e longe do alcance de Rebeca, que já diminuía seu ritmo para não acabar atropelando alguém durante a corrida.

Estava difícil enxergar o céu cheio de nuvens brilhosas, mas as crianças viram o dragão mergulhar com tudo na direção de outro bairro da cidade: Envogipre, que ficava bem ao lado do local em que estavam.

Todos pararam de correr ao verem que, claramente, estavam em péssimas condições para seguir até outro bairro — ainda mais porque tinham aula de luta daqui a menos de dez minutos.

Kutzo respirava ofegante apoiando-se em uma estátua qualquer que tinha no local, mas algo curioso aconteceu: ao erguer o olhar para onde o dragão estava, notou que ele estava brilhando, mas aquilo não era reflexo da luz solar de jeito algum. O que poderia ser então? Antes de pensar em teorias, viu o ponto luminoso explodir em pó como se tivesse se dissolvido no ar.

— Vocês viram aquilo? — perguntou o menino de boca aberta com o que havia acontecido.

— Vimos o quê? — Will perguntou, levantando a cabeça com a franja colada na testa por conta do suor.

— O dragão...

— Não Kutzo! Lutamos contra ele, mas...

— Não isso, Will... — Kutzo deu uma pausa para recuperar mais o fôlego — No céu... Ele virou pó...

— Não vi... — concluíram os três ao mesmo tempo.

— Ele estava indo na direção de Envogipre e... Só desmanchou...

— Isso é impossível, Kutzo, pois dragões não usam magia de teleporte. — explicou Ronald.

Kutzo fez uma expressão pensativa, contemplando o céu.

— Mas e se não for teleporte? — o menino perguntou virando-se para a amiga — Rebeca, você é a gênia de criaturas aqui...

— E-eu n-não sei... Foi você que viu Kutzo... Não sou tão...

— Inteligente? — completou Ronald.

— Nerd! — afirmou Will como se corrigisse o amigo.

As bochechas de Rebeca ganharam um tom vermelho e suas sobrancelhas se juntaram. No entanto, com um tom firme e olhando para os amigos, a garota disse:

— Boa quando se trata de dragões!

— Nenhum de nós é especialista em nada! Os dragões são complexos, até mesmo para lutadores formados — disse Ronald passando os dedos pelo queixo — O ponto é: nós fomos atacados por um dragão que definitivamente não era da cidade ou de um lutador daqui, e ele misteriosamente se transformou em poeira.

— Nossos ataques não foram páreos nem para cansá-lo, então é óbvio que não foi consequência da luta, nem seria possível morrer assim... ou seria? — murmurou a garota e Kutzo teve a clara ideia de que ela estava pensando alto.

— Teleporte é... — começou Kutzo, porém foi interrompido pelas palavras de Ronald:

— Não, eu já falei!

— Kutzo, você tem certeza do que viu? — perguntou Rebeca, calmamente.

— É claro! Eu o vi brilhando e... Puff! — respondeu o garoto pensativo, abrindo as mãos ao dizer a última parte.

— Puff? Ah, olha! Vamos ler sobre, ok? — Rebeca checou o horário em seu relógio — Cinco minutos! Vamos para a academia agora! Elizabeth vai achar que somos perdedores se nos atrasarmos!

Kutzo se assustou como se tivesse visto outro dragão. Ele esquecera completamente que tinha aceitado uma luta com os irmãos Sher. As crianças então correram na direção da Academia, com o pouco de energia que ainda lhes restava.

Em pouco tempo, os quatro passaram por um grande portal e logo avistaram dois pilares brancos que subiam por metros e metros até se encontrarem em uma placa com o nome da academia. Mais à frente, um tapete vermelho se estendia até a entrada do que parecia ser um grande templo. Kutzo acenou para uma senhora, que regava as plantas ao lado do tapete, e entrou por uma grande porta. Deu um sorriso de canto e respirou fundo como se estivesse procurando ar puro. Agora, ele estava no seu local favorito na cidade, além do seu sobrado.

Ali, as paredes eram pintadas em tons de vermelho com uma linha dourada repleta de detalhes. Os meninos seguiram através de um corredor iluminado por quatro tochas, propositalmente dispostas para deixar os jovens imersivos na era medieval, em que a "Academia de Lutadores Krosiana" foi inaugurada por um Mestre de Kros, cujo retrato podia ser visto no salão, ao fim do corredor, e ao lado de um pequeno quadro com distintivos em formatos de gotas e também na forma de escudo de bronze.

Quando Kutzo vinha sem seus amigos, tinha como única companhia o quadro do mestre antigo, um homem ruivo com longos cabelos e costeletas de dar inveja. Em seu rosto, era possível ver uma pequena cicatriz que deformava seu nariz.

Os quatro entraram no salão lotado, mas aparentemente não haviam começado as aulas do dia. Will, o mais alto do grupo, deu uma olhada ao redor e disse aos amigos que não estava vendo Elizabeth por ali.

Kutzo falhou ao tentar pular para ver entre a aglomeração. Os sons de cochichos, gargalhadas e conversas entre os alunos — desde os pequenos aprendizes infantis até os quase formados, com pelo menos 16 anos — pararam quando os olhos do mestre, no quadro, brilharam e uma voz grossa falou como se usasse a pintura como alto-falante.

Capítulo 5

Academia de luta

— Alunos do sexto ano da academia, favor irem até a sala 14, norte!

— Norte? — perguntou Kutzo quando os murmúrios voltaram a infestar o salão — Mas o corredor norte não é para o oitavo ano?

— Será que o treinador Hugh está querendo que tenhamos aula com os mais velhos? — indagou Will, começando a andar na direção de um corredor ao lado do quadro.

— Hugh está ocupado... — disse um lutador do nono ano que andava por ali, chamado Albert, um menino muito magro de cabelo ruivo raspado no estilo militar. Ele usava óculos meia-lua de casco de tartaruga. — Foi chamado pelo Mestre Henriche para investigar um caso em Norvros.

— Qual caso? — questionou Rebeca com uma curiosidade que Kutzo não entendeu perfeitamente o porquê — O que foi? — perguntou ao ver o olhar confuso do amigo, que deu de ombros.

— Parece que há filhotes de ofiotauros atacando civis sem motivo aparente.

— Atacando civis? Muito obrigada! Ronald, Will e Kutzo, venham aqui!

A garota saiu apressada em direção à sala indicada pelo quadro, mas os amigos ainda não tinham entendido o que Rebeca estava pensando, então apenas seguiram a menina e entraram na sala.

Kutzo quase caiu do degrau da porta, mas Will que estava ali perto o segurou, embora também estivesse surpreso. O espaço era enorme e parecia uma masmorra com todos aqueles apetrechos de ouro e prata nas paredes, inclusive, a borda de uma grande lousa era ornada com esses materiais. As mesas eram de carvalho escuro e estavam posicionadas em uma grande arquibancada similar a um tribunal. Kutzo demorou alguns segundos para entrar — passou pela grande área vazia que ostentava uma estrela prateada no chão iluminado por estreitas janelas quase grudadas no teto abobadado — e chegou à mesa onde Rebeca e Ronald estavam abrindo um grosso livro.

— Por que você... — o menino começou a perguntar.

— Não está óbvio? — ela o interrompeu olhando o livro.

— Não... — Ronald respondeu coçando a nuca.

— Ofiotauros atacando civis e... Kutzo, o que seus pais fizeram hoje? Você me contou por SMS ontem... Uma missão, não foi?

— Foram ajudar numa praga de Gullinbursti, nas plantações — respondeu ele, escorando-se na mesa e olhando atentamente para o livro.

No centro da página que Rebeca abrira, viu uma foto de um touro enorme com o rosto de pelagem preta. Seus chifres eram pontudos e, do peito para baixo, o animal tinha um corpo de serpente. Era a criatura que o aluno do nono ano tinha falado: um ofiotauro.

— Aonde você quer chegar? Sempre tiveram minipragas mágicas...

— O que eu li é que os ofiotauros nem chegam perto da população — sussurrou Ronald.

Ao ouvir isso, uma luz apareceu sobre Kutzo em forma de ideia.

— Nem dragões, não é? — perguntou o menino.

Will e Ronald até se afastaram da mesa com a virada que suas mentes tinham dado. Rebeca sorriu com os olhos castanho-claros brilhando e deixou soltar um gritinho de felicidade, voltando a falar:

— Os ofiotauros no norte de Kros e os gullinbursti aqui, em Austrópolis, até ontem. E hoje, um repentino ataque de dragão?

— Será que estão interligados? — Will parecia estar realmente interessado, pois estava quase jogado em cima do livro.

— Muita coincidência se não estiverem! — Kutzo falou ao se sentar na cadeira para ficar mais confortável.

— Ouvi meus pais falando que os gullinbursti estavam furiosos. Acredito que não atacaram civis por ter poucos morando na região rural da cidade. — Mas não temos nada muito concreto a respeito disso — Ronald falou em voz baixa — Só sabemos que aconteceram na mesma semana e que são animais bravos.

— Tem razão... — Rebeca falou folheando o livro.

— Vamos investigar, ora! — disse Kutzo animado — Podemos fazer isso! É até simples...

— Simples não sei, mas podemos! Hoje mesmo, podem dormir na minha casa — convidou Will.

— Sua mãe não vai ligar? — Kutzo perguntou.

— Não, ela adora vocês! Ela deixa a Carol visitar minha irmã toda semana.

— A Carol visita a Mikhaela toda semana? — Kutzo parecia interessado no assunto, mas Rebeca tocou o seu ombro e cortou o assunto das irmãs para dizer:

— Então, hoje à noite iremos investigar!

— OK! — os três disseram, com os dentes à mostra, em um sorriso de empolgação.

Quando se sentaram para esperar a aula começar, viram Elizabeth e seu irmão Thomas entrarem na sala. O garoto, assim como a irmã, tinha um rosto delicado e a mesma cor de pele. Seu cabelo era castanho e cheio de gel. O menino dizia que era estilo, mas na opinião de Ronald parecia que uma quimera tinha lambido a cabeça dele. Tinha o mesmo sorriso sem força da irmã e um olhar claramente debochado que se cruzou com o de Kutzo, que respondeu com um sorriso de canto.

Logo atrás deles vinha um homem forte, com uma barba grisalha e a cabeça raspada, com algumas falhas aparentes, deixando transparecer que o trabalho talvez não tivesse sido concluído. A camisa vermelha era estranhamente apertada para o seu tamanho, e usava uma calça parecida com a de sua mãe.

O homem puxou com magia um pedaço de giz e lançou um sorriso forçado a todos aqueles garotos e garotas que o olhavam fixamente.

— Estão com medo, crianças? — sua voz era rouca, porém forte — Calma, calma! Não precisam ficar assim... Verão muitos homens e mulheres com aparência agressiva quando se formarem e, diferente de mim, acho difícil eles estarem do seu lado!

O homem riu consigo mesmo e seguiu em direção à lousa. Kutzo o olhava com curiosidade.

— Sou Hank Russel, professor do oitavo ano! Não confundam com o ano escolar, o oitavo ano da academia é feito normalmente quando estão no nono ano escolar. Enfim, estou substituindo hoje o senhor Hugh.

— Que bom! Não aguentava ele! — disse um aluno na frente de Kutzo.

— Senhor! Escutou o que acabou de falar? Desqualificou um dos lutadores mais sábios dessa academia, falando por trás de suas costas, e ainda me interrompeu... Vejo que esse colega de vocês, em seis anos, ainda não aprendeu respeito!

Kutzo sentiu um arrepio. Aquele homem era mais rígido do que imaginava. Ele encolheu os ombros e ficou quieto esforçando-se para não soltar nenhuma risada ou qualquer coisa que deixasse o Sr. Russel irritado.

— Ele é mal-humorado demais, minha nossa! — cochichou Will, arriscando a sorte.

Kutzo se aliviou ao ver que o professor não ouviu o que o amigo falou.

— Batalhas em dupla é o assunto da aula de hoje! Abram o livro de batalhas e guerrilhas na página 53! — o homem tossiu e foi até o quadro negro. — Costumo dizer aos meus alunos que um lutador não deve confiar em ninguém, apenas quando se tem um amigo que provou ser digno de sua lealdade... Aí sim deve confiar, e confiar mais do que confia em qualquer pessoa no mundo. As batalhas em dupla são um jogo de estratégia, empunhe a sua espada, adaga ou arco com toda a sua força e...

Os próximos 40 minutos foram seguidos de uma série de explicações de como se comportar em uma luta entre duas duplas. Kutzo não notou nenhum sinal de felicidade ou qualquer outro sentimento além de fereza no rosto do professor, durante todo esse tempo. Mas talvez não tenha percebido por estar muito ocupado realizando as enormes anotações e os exercícios teóricos, tão difíceis, que ele parecia estar estudando para a prova final da academia que os alunos do décimo ano fazem no fim do semestre.

— Agora… — disse o professor com, finalmente, um sorriso sincero no rosto. Quero quatro alunos que queiram experimentar a prática!

Kutzo sem pensar duas vezes olhou para Will, que acenou positivamente com a cabeça, os garotos se levantaram. Kutzo ouviu duas cadeiras sendo arrastadas. Virou-se na direção do som e viu os irmãos Sher se apresentando. Elizabeth mandou um beijo para eles antes de se acabar em risadinhas e Kutzo somente desviou o olhar para o professor. Pessoas em toda a sala, como a chatíssima Aurora Jackt, olhavam e apontavam para Kutzo, provavelmente falando que ele sempre queria ser o centro das atenções, mesmo sendo só um aspirante a artífice, mas o garoto não ligava. Aquelas pessoas não têm metade do conhecimento dele.

— Velozes… Não vejo um pingo de covardia em vocês, venham! Aproximem-se! — falou o professor animadamente.

Antes de sair de trás da cadeira e descer, Kutzo viu Ronald desejar boa sorte e depois Rebeca sorrir para ele.

— Não fraqueje… — disse Ronald.

— Não iremos… — interrompeu Kutzo.

Com passos apressados, os quatro chegaram até a grande área entre o quadro e as cadeiras e Kutzo finalmente entendeu o porquê de ela existir. O Sr. Russel entrou no meio das duas duplas sacando sua adaga e apontando para um par de alunos de cada vez.

— Não abusem da experiência da luta para resolver assuntos fora desta sala! São somente modelos da aula teórica que finalizei há pouco e… Comecem! — ordenou ele, para logo sumir em uma névoa preta que acabou por tomar completamente aquela área.

— Kutzo, você vê algo?

— Não, só dois palmos à minha frente. — respondeu a Will. Quando ouviu uma espada ser retirada do coldre, ele logo retirou a sua da bainha de couro presa ao seu cinto.

O garoto correu para a frente, mas a névoa deixada pelo professor claramente não o permitia ter noção de onde estava na sala de aula, só sabia que havia deixado seu local inicial há alguns metros. De repente, sentiu uma flecha passar a poucos centímetros de seu nariz. Então, virou-se para o lado, mesmo sem ver nada, e disse:

— Onde estava esse arco na hora do dragão, Will?

— Não tive tempo de armá-lo... — respondeu o amigo, que parecia estar perto.

— Cadê os Sher? — Kutzo se perguntou em meio a pensamentos e firmando suas mãos no punhal gelado de sua espada.

Ouvindo passos vindos no seu lado esquerdo, o menino virou-se e viu o corpo magricelo de Thomas cortando aquela névoa. Ele trazia em mãos uma espada exatamente igual à de Kutzo, com a lâmina prateada desgastada e o punhal em tom amarelado. As espadas se colidiram, horizontalmente, quando os dois tiveram a ideia de atacar ao mesmo tempo.

— Copiando minha espada, Kutzo? — provocou Thomas com sua voz juvenil em transição de fina para grossa.

— Não, taquara rachada! Não sei se percebeu, mas compramos no mesmo lugar!

— Patético! Não me rebaixaria ao nível de um lutador vindo da família Glemoak!

— Não fale da minha família, sendo um Sher... — retrucou Kutzo, fazendo força e acabando por jogar a espada do oponente para o lado.

— Os Sher são os mais nobres desta cidade, caso queira saber... — Thomas retoma, tentando um golpe horizontal nas costelas de Kutzo.

— Não me faça explicar novamente! — defendeu-se Kutzo, jogando o corpo para o lado e girando o tronco para segurar o impacto da espada — Minha família está aqui há centenas de anos, assim como a sua! Mas ao contrário de você, eu não vejo a mínima graça nisso!

Kutzo respirou pesadamente e, de sua outra mão, uma pequena esfera flamejante de cor roxa foi na direção do oponente.

— Poder, Kutzo! Você nega o poder que sua família tem... Não só dentro da cidade, você é um dos únicos aqui com uma linhagem poderosa de lutadores! — Thomas desviou da bola flamejante e avançou contra o oponente, erguendo a espada.

— Eu não sou melhor do que ninguém! — Kutzo disse antes de girar para o lado e atacar seu adversário jogando a espada para cima com as mãos firmes. No meio do golpe percebeu que a névoa estava sumindo aos poucos.

— Mas você pode ser! — Thomas caiu no chão rolando e desviou do ataque vertical, lançando um feixe de luz verde a partir de uma de suas mãos — Melhor do que todos!

— Eu não sou como você, Thomas! — Kutzo cortou a magia disparada com a espada rapidamente — Glemoak é a família dos disciplinados! Meu pai me ensinou isso e minha mãe também!

— FRACO! — berrou o irmão de Elizabeth — Assuma sua posição! Acham que assim são verdadeiros lutadores. Hahaha!

Kutzo não se importou com o que Thomas dizia, pois achava que ele e sua família eram extremamente esnobes e egocêntricos. Era óbvio para si que a maneira solidária e gentil de suas origens era de mais valor do que o simples poder social dos Sher. Mesmo assim, ele ainda parava para pensar no assunto. Será que ele estava mesmo certo sobre os valores dos lutadores e dos Glemoak? O garoto não teve muito tempo para pensar, pois quando viu a névoa finalmente se dissipar, ouviu gritos: era Elizabeth desviando das flechas de Will.

— Eliza! — chamou o irmão — O que você fez?

— *Rridículo*! Vocês todos! Como ousam *deixarr* dois *Sherr* caídos?

— Essa é a finalidade da luta — repreendeu Will com um longo sorriso no rosto, segurando uma grande gargalhada.

Thomas levantou-se rapidamente e tentou atacar Kutzo, que estava virado para o lado, mas o garoto sentiu que algo estava se aproximando. Então inclinou o corpo para baixo, fazendo a espada do oponente passar por cima dele sem acertá-lo.

Assustado com o golpe repentino, o menino se reergueu e jogou sua espada contra a de Thomas, promovendo um choque que se repetia enquanto andavam e se atacavam ao mesmo tempo. Kutzo não conseguia achar uma brecha para um golpe diferente, então apenas focou em cansar seu adversário, até que ouviu a voz com sotaque francês de Elizabeth:

— Essa é de *autorria* da *Mestrre* Maxie... *Fleurs Maudites!*

Em um momento de choque entre as espadas, Kutzo olhou para a mão da garota com os cantos dos olhos e não viu nada. Seria aquela uma magia não manual? Mas o garoto só tinha ouvido falar das manuais, então Elizabeth conhecer algo tão evoluído era improvável.

Mas como ele mesmo pensou: é improvável, não impossível. Com essa ideia em mente, o menino via surgir, do chão desenhado, uma grande raiz verde repleta de espinhos que cresciam na direção de William. Com agilidade, Kutzo saltou para o lado e desviou da raiz.

FRUM! Cacos de vidros caíram no chão.

Um vulto vermelho vibrante cortou a raiz e a fez explodir em pó. Todos olharam incrédulos para a forma, enquanto Thomas e Kutzo abaixavam as armas para analisar. Este viu que, ao parar no ar, a figura indistinta tinha uma aparência peculiar. O menino então sentiu sua espinha congelar ao observar um amontoado de cinzas, que brilhavam como se estivessem em chamas, formando o corpo da criatura.

Quando os pedaços das cinzas se organizaram em uma forma animalesca, sem vida, como se tivesse só uma casca em forma de dragão, o garoto escutou um "Oh, não!" vindo de Will. Realmente, não podia ser verdade. Ali, bem à sua frente, o menino via o dragão que havia encarado pouco antes de vir à academia, completamente transformado em pó.

O queixo de Kutzo foi ainda mais ao chão ao ouvir o dragão falar sem sequer mexer a boca, mas apenas movimentando a grande cabeça que já estava virando cinzas, sem vida novamente:

— Aqueles que mais temem estão se erguendo. Eles estão em todo lugar... Enfraquecer... Cada um... Lutem enquanto há tempo... O grandioso...

O dragão foi interrompido por si mesmo e sua carcaça sem vida caiu no chão diante dos quatro alunos exaustos e de olhos arregalados, que não esperavam por tal coisa

Kutzo se virou para tentar enxergar Rebeca e Ronald, e viu que os amigos tinham a mesma expressão atordoada. O professor Russel se levantou com a expressão mais séria do que a normal, se é que isso era possível e, com extrema firmeza em sua fala, disse apenas duas palavras:

— Estão liberados!

Rebeca correu até Kutzo e o abraçou tão forte que o garoto sentiu suas costelas estalarem. Ele botou a mão no ombro da garota como se retribuísse o abraço, mas ela o separou mais rápido.

— Você está legal?

— Sim... — mentiu Kutzo.

— Precisamos mesmo investigar! — disse Will, indo na direção deles com a respiração ofegante.

— O que será que está voltando? — Ronald se questionava.

— Perguntaremos ao Russel! Ele deve saber... — disse Kutzo como resposta.

— Lá se vai sua resposta, Kutzo... — Ronald apontou para o professor que saiu apressado entre os alunos.

— Droga! — bufou o menino em resposta ao amigo.

— Vamos para a minha casa! Estamos mortos... — Will pegou a mochila que havia deixado com Rebeca e chamou os amigos, que logo o seguiram.

Kutzo estava começando a achar tudo aquilo muito estranho e não parava de se perguntar como o dragão voltara à vida e falara com eles. Afinal, quem estava voltando? Por que nas duas vezes seguidas o dragão foi até ele? Isso parecia assunto para um lutador de elite, mas Kutzo sentia dentro de si que conseguiria ajudar, nem que fosse só um pouco.

Capítulo 6

Investigação na casa Mellur

Ao descer as escadas da academia, Kutzo notou uma grande movimentação entre seus colegas e demais alunos, percebendo que eles falavam do que acabara de acontecer.

— Mandou mensagem para a sua mãe, Kutzo? — perguntou Will.

— Ah! Eu já... Vou mandar agora... — o menino apressou-se ao descer os degraus e, com a mão, pediu que os três amigos o acompanhassem.

Metendo a mão no bolso e pegando o celular para avisar a mãe que iria dormir na casa do amigo, o garoto disse:

— Pronto! Acho que ela já acabou com os Gullinbursti...

— Peça detalhes sobre eles! — disse Rebeca, andando pela rua com um grande livro tampando o seu rosto.

— Você acha que os lutadores de elite vão deixar passar alguma informação? — Ronald perguntou com a voz largada.

— Eu sou filho...

— Mesmo assim! Os lutadores têm diretrizes e uma delas é não vazar nada sobre missões — disse Ronald, virando-se para o amigo.

— Se nós formos seguir as diretrizes, é melhor nem investigarmos! Ou então, era melhor nem ter mexido com o dragão... — respondeu

Kutzo, que estava se sentindo na obrigação de saber, afinal, parecia uma aventura divertida.

— Mas sua mãe tem que seguir! — Ronald afirmou um pouco impaciente.

— Não vou discutir! Prefiro buscar notícias...

— Olhem aqui o que eu achei! — exclamou Will, levantando o celular comemorando e mostrando para Rebeca que estava mais próxima — Sumiço de dragões em Kros! Dizem ter visto poeira em algumas celas sem os animais!

Kutzo esticou o pescoço um pouco para conseguir ler a notícia, pois o ombro de Will e o cabelo de Rebeca estavam lhe atrapalhando, mas conseguiu acompanhar a leitura quando eles se afastaram um pouco para atravessar a rua.

— Incrível! Mas... Essa notícia é de muito tempo atrás — disse ele.

— De quando? — perguntou Ronald que não se importou de ler a reportagem toda.

— Há dois anos... Aconteceu algo em 2013? — disse a garota, tentando segurar o riso no canto da boca.

— Campeonato Confederativo de Luta! — afirmou Kutzo, dando uma risada em seguida.

— Não! Isso foi no Brasil, Kutzo... — Rebeca disse, voltando a esconder o rosto atrás das grossas páginas do livro — Eu perguntei se aconteceu algo em Austrópolis em 2013!

— Eu não sei... — o garoto deu uma grande pausa pensando no que dizer — Mas pode estar interligado com esse caso há dois anos... Vocês ouviram o que o dragão disse na academia?

— Ele disse que alguém está em todo lugar, mas não quer dizer que sempre esteve! — disse Will.

— Mas podem estar se fortalecendo, seja lá o porquê, com o passar do tempo. — concluiu Kutzo — Se eu fosse apostar, diria que as criaturas estão enlouquecendo por causa de alguém.

— Precisamos de provas para apostar nessa hipótese! — disse Rebeca.

Quando eles chegaram no portão da casa de Will, o sol mergulhava no horizonte, pintando o céu com um tom lilás que anunciava o crepúsculo. Kutzo olhou para cima antes de entrar e viu que algumas estrelas já tomavam lugar no firmamento. Então, o garoto deu um pequeno sorriso maravilhado com toda aquela beleza em pleno inverno.

Em seguida, todos entraram sem fazer nenhum barulho no chão excessivamente encerado. Rebeca então tocou em seu ombro com o livro para chamá-lo. Quando o garoto se virou para olhar a amiga, percebeu algo estranho no exemplar que ela trazia nas mãos: a página que estava aberta naquele momento parecia explicar as causas de descontroles mágicos em criaturas. Kutzo tocou o ombro da menina para que ela segurasse o livro de maneira que ele pudesse acompanhar a leitura e então percebeu que ali havia um trecho sobre um certo mago zoólogo.

— O que é que diz aí, Rebeca? — o garoto perguntou curioso.

— As criaturas mágicas têm diversas formas de se mostrar nervosas, Kutzo, assim como os gullinbursti com quem sua mãe tem lutado. Isso se chama raiva-mágica-espontânea.

Ela é muito estudiosa mesmo — Kutzo pensou, todo orgulhoso, antes de Rebeca continuar a falar.

— Em todos os casos, eles usam até duas vezes o seu poder mágico e ficam experts em todas as suas habilidades, mesmo se forem filhotes.

— Então esses animais só estão fora de controle... — disse Kutzo, ainda com um sorriso no rosto, admirando a sabedoria da amiga.

— É aí que está! Segundo a lei de Carson, os animais não compartilham de raiva-mágica-espontânea entre espécies. E ela não dura o suficiente para se tornar "assunto de missão".

— Oh... Isso torna o mais difícil possível! — disse o menino pensativo.

Naquele instante, Will chamou os amigos para que subissem a escada em formato de caracol, no fim do corredor, que parecia estar sendo esmagada pelas estreitas paredes de pedra e fazia Kutzo sentir ainda mais frio, enquanto tentava evitar tropeçar nos degraus.

Quando alcançaram o topo, os jovens deram de cara com uma parede iluminada com tochas e ardentes chamas em um tom vermelho vivo. Ali, havia cinco portas: na primeira, à esquerda, tinha um pôster com uma popstar vestindo uma roupa avermelhada, no qual podia-se logo abaixo da imagem: garotas apenas. Era o quarto de Mikhaela, irmã de Will.

A porta ao lado, sem nada demais, era o quarto da Sr.ª Mellur. Will puxou Kutzo pelo braço e o fez entrar na última porta, tão cheia de adesivos colados que era quase impossível saber que ali havia uma passagem.

O menino nunca estivera naquele local, mesmo sendo o amigo mais próximo de Will. O quarto do garoto era bem espaçoso e claramente foi aumentado por magia, levando em conta o tamanho não proporcional do corredor. A cama de Will era enorme e ficava bem no meio do cômodo. Vários pôsteres de lutadores renomados do reino ilustravam as quatro paredes. No canto, embaixo da janela protegida por uma fina cortina de seda azul, havia uma escrivaninha completamente bagunçada com papéis jogados e livros abertos de qualquer jeito.

Kutzo percebeu uma expressão de desconforto em Rebeca, que se escondia cada vez mais atrás do livro, enquanto Will estava sentado na cama sorridente.

— Bem-vindos ao meu doce lar! — disse ele.

— Lindo... — mentiu Kutzo, olhando os pôsteres rasgados em um canto e fingindo não ouvir as risadas de Ronald.

O garoto então se aproximou do amigo para ver o motivo e constatou que ele estava olhando uma atividade proposta pela escola há pelo menos cinco meses.

— Não acha melhor dar uma arrumada? — quis saber Rebeca, sentando-se em um pufe em formato de urso.

— Não vejo o porquê, minha mãe não chama minha atenção sobre isso! Haha!

Rebeca deu uma leve revirada de olho. Kutzo observava agora um pôster da famosa Liga dos Lutadores de 1970, no qual Kros ganhou seu vigésimo campeonato, quando Ronald o chamou com uns toques no ombro.

— Hã? — perguntou ele, virando-se para olhar o amigo.

— Ouvi Thomas berrando na luta na academia. As suas famílias são importantes na cidade? — Kutzo estranhou a pergunta, pois imaginava que Ronald já soubesse depois de tantos anos de amizade.

— Ah... são sim, mas isso não quer dizer nada! Sua família também é tão importante quanto!

— Sou descendente de fazendeiros pobres e endividados! Minha família inteira só teve dois lutadores em cinco gerações e um deles sou eu, um desajeitado em treinamento! Já você...

— Sou também um lutador em treinamento — disse Kutzo sem rodeios — Não é o sangue que eu carrego que diz algo sobre mim, isso é baboseira!

— Tá bom, mas conta aí a história! — o menino bufou.

— Há muito tempo, um homem chamado, Austro, junto de quatro amigos, Sher, Glemoak, Mellur e Soulz, em viagem às vilas do sudeste, decidiu construir uma potência na economia e na força mágica de Kros. Esses cinco foram responsáveis por unir as duas vilas que existiam por aqui, construir a cidade e administrá-la.

— Famílias fundadoras então... — afirmou Ronald reflexivo e com um ar desanimado em sua fala.

— Sim, sim! Os Glemoak foram responsáveis por projetar, junto a Austro, a cidade. Tipo fazer uma planta... Já os Sher viraram políticos. Podemos dizer que eram bajuladores do Rei antes e depois de instaurarem o conselho para que não tivesse um absolutismo. Os Sher aumentaram tanto sua popularidade que foram eleitos representantes do nosso estado, Souvros, por milhares de Krosianos. Uma família poderosa Ronald!

— Por isso que... — começou o menino.

— O quê?

— Nada!

Kutzo olhou para o amigo com um olhar curioso de quem esperava uma resposta, mas disse:

— Ah, ok! É por isso que Elizabeth me trata daquele jeito...

— Ela também fala daquele jeito comigo e com o Will, não tem muito a ver com parentesco.

— Quando eu estava saindo de casa, fui recebido por ela no ponto de ônibus com um belo "Bom dia, dono do chiqueiro!"

Kutzo arregalou os olhos e não acreditava que Elizabeth desceria ao nível de insultar Ronald de tal maneira. O menino fechou os punhos, se enchendo de raiva, e demorou um pouco para se acalmar e dar leves toques no ombro largo de Ronald.

— Você é muito mais do que eles pensam! — o garoto havia pensado em um enorme discurso repleto de argumentos, mas só conseguiu expressar os seus pensamentos com essa frase.

Ele então se virou para Rebeca, que ainda estava lendo e conversando com Will, e se jogou no mesmo pufe em que a amiga estava sentada. A menina se afastou um pouco, mas deixou sua mão perto da de Kutzo. Will segurou a risada com as mãos antes de recuperar o fôlego e falar:

— Então, Kutzo? — ele deixou sair uma risada quando Rebeca voltou a olhar para os garotos sem entender nada — O que sua mãe respondeu?

— Ah... — Kutzo enfiou a mão no bolso e tirou o celular de lá — Ela disse que não pode falar muito sobre a missão...

— AHÁ! — Ronald exclamou.

— MAS... — Kutzo começou a falar, na mesma altura que o amigo — Pôde dizer que os gullinbursti estavam comendo toda a plantação de milho e estavam completamente doidos, queimando tudo com suas patas.

— Isso não quer dizer nada! — Will comentou, largando-se na cama.

— Ela mandou a foto de um...

Kutzo mostrou a tela do celular para todos verem. Era um gullinbursti normal, um grande e forte javali de pelagem dourada e enormes dentes da mesma coloração. Suas orelhas eram a única parte de seu corpo que tinham um tom mais escuro. Mas o que havia de mais especial naquele animal eram os olhos, que deveriam ser negros como besouros e estavam vermelhos vibrantes.

— Isso é... — Rebeca começou a gaguejar.

— Os mesmos olhos que o dragão tinha quando veio à academia.

— Deve ser uma marca em comum apenas. — afirmou Ronald aos amigos enquanto se sentava no chão com as pernas cruzadas.

— Como vermelhocromia? — perguntou Kutzo, segurando uma risada gostosa.

— Exatamente! — o menino respondeu.

— Isso não existe! — os três disseram em coro.

Com um aceno, Will transformou a almofada da cama em uma bola de basquete e a jogou no amigo. Mas Rebeca desfez o feitiço, trazendo a almofada de volta, antes que o rosto do garoto fosse atingido.

— Cresçam por um minuto! — a garota disse com rispidez — Precisamos investigar mais! Não é, Kutzo?

Kutzo, que estava afastando os dedos em pinça na tela do celular para dar zoom na foto, virou-se para a amiga e disse:

— Hã?! Ah, sim... — ele olhou novamente o celular e depois para os amigos — Já entendi o que ela quer esconder da gente! Vejam a mão de quem estava segurando o Gullinbursti, parece estar cheia de glitter dourado.

— Um lutador usando glitter? — Kutzo encarou Will na hora em que o amigo disse isso e se perguntou mentalmente como era possível que o garoto fosse tão lento. — AAAAH! Isso é pó...

— Vocês acham que os gullinbursti também viram pó? — Ronald parecia estar acreditando mais.

— Se essas pragas tiverem alguma ligação, era de se esperar que também fossem animais de pó. — Will respondeu.

— A questão é: por que viraram pó? — Kutzo se perguntou, gastando todos os seus pensamentos para dar algum sentido àquilo.

— Não achei nada falando sobre a transformação de criaturas mágicas em pó... — lamentou Rebeca, folheando o livro mais uma vez.

— Tem que haver alguma pista! Mas com certeza tem alguém por trás disso...

Todos olharam para Kutzo um pouco confusos e assustados com tal conclusão.

— Rebeca disse que animais não compartilham fúria mágica, então alguém deve estar controlando essas criaturas e manipulando-as.

— Mas por qual motivo seria? — indagou Will.

— Pergunta difícil! Não temos o suficiente para saber a finalidade, mas lutadores das trevas não precisam de muitos motivos...

— Teria que ser um baita lutador, talvez só o Mestre Henriche pudesse ter tal poder mágico! — Will afirmou, aproximando-se de Kutzo.

— Ou talvez algum animal mágico com poder suficiente para controlar outros! Sem querer, é óbvio...

— Óbvio não! — contrapôs Ronald.

— Talvez um dragão... — disse Rebeca, jogando para Kutzo o seu enorme livro, no qual havia um parágrafo sublinhado com lápis.

— Dragões são as criaturas mais poderosas e perigosas que o mundo já viu. Apresentam inteligência capaz de influenciar outros animais por meio mágico, por instinto de sobrevivência ou apenas para ocupar um local. — o garoto leu em voz alta.

— Então é possível que os dragões estejam vindo ocupar nossa cidade! — Rebeca afirmou com a cabeça em resposta a Kutzo.

— Vamos procurar provas! Os meus dias maratonando séries policiais vão valer a pena! — Will soltou uma risada e foi correndo pegar entre tantas roupas jogadas na mesa um pequeno laptop, quando...

— CRIANÇAS, JANTAR! WILLIAM E MIKHAELA VENHAM E TRAGAM SEUS AMIGOS — berrou uma voz jovem no andar inferior.

Capítulo 7

Blecaute e a Edelina Mellur

Por conta do jantar, os meninos tiveram que cessar, por um momento, as análises que estavam fazendo. Os quatro saíram do quarto e desceram a escada em caracol. Voltaram ao corredor de entrada, onde uma porta entre duas tochas, cujo fogo se movimentava em uma lenta dança, escondia um novo cômodo de onde vinha um aroma de tomates sendo cozidos.

Kutzo se sentiu pequeno ao ver aquela cozinha tão ampla e que mantinha o aspecto medieval do resto da casa com suas paredes feitas da mesma rocha mágica que brilhava sempre que alguém a tocava. O menino descobriu isso vendo Ronald se apoiar na parede e se surpreendeu com a magia do local.

Havia uma longa mesa no centro da cozinha. Pratos e copos eram levados até ela com magia e pousavam à frente de seis lugares. Ao virar o olhar para o lado direito, Kutzo viu um grande balcão cuja estrutura terminava em um fogão de diversas bocas, cada qual com uma panela diferente que girava sozinha em seu eixo e exalava aromas deliciosos.

A pessoa à frente deste chamava atenção: uma mulher baixinha com cabelos que desciam até o chão; com um rosto largo e olhos de cor castanho-claro, exatamente como Will, só que com uma pele mais clara.

Descansando uma colher em uma das panelas, ela abriu um largo sorriso ao ver os garotos.

Sem nenhuma demora, a Sr.ª Mellur foi andando a passos saltitantes e apressados na direção do quarteto. Will se esquivou furtivamente antes que a mãe o agarrasse abrindo os braços, o que resultou na senhora abraçando suas visitas. Kutzo sentiu a mulher amassar todos os seus ossos, pressionando-o contra Ronald por longos segundos que mais pareciam horas e horas.

A Sr.ª Mellur se afastou ainda com um sorriso acolhedor, passou a mão pelo rosto de Kutzo como se ele fosse um bebê e disse, com o tom de voz doce, que o menino já conhecia:

— Você cresceu tanto, Kutzo, faz tempo que não o vejo!

— Faz quase um ano, não é? — ele respondeu da maneira mais simpática possível após ela interromper a investigação. — O cheiro da comida está ótimo, senhora! — completou, pois via-se obrigado a ser meigo com a Sr.ª Mellur.

— E o gosto será tão bom quanto! É muito bom rever vocês e... Rebeca! Está uma princesa!

Kutzo deu uma risadinha quando a mulher foi do mesmo jeito acolhedor falar com a menina que, no momento, tomou um susto e arregalou os olhos dando um risinho apreensivo.

O garoto decidiu se juntar a Will, que já estava à mesa, e sentou-se na cadeira ao lado do amigo, esperando ansiosamente pela refeição, pois não tinha comido praticamente nada naquela tarde.

Aguardando a mãe do amigo finalizar as boas-vindas calorosas, o garoto começava a se perder em pensamentos, fitando as panelas que magicamente serviam o macarrão em uma travessa de porcelana.

Naquele momento, a porta da cozinha novamente se abriu e Mikhaela, a irmã mais nova de Will, entrou de cabeça baixa, de maneira que a cortina formada por seus cabelos pretos deixava seu rosto escondido. Ao arrumar uma mecha atrás da orelha, porém, antes de puxar a cadeira do outro lado de Will, Kutzo pôde vislumbrar alguns traços da garota: era um rosto muito parecido com o da mãe, mas com sardas marcadas desde o nariz até as bochechas. Ela então se virou com um sorriso para Kutzo e cumprimentou o menino:

— Oi, Kutzo! — disse com uma voz extremamente fina.

— Oi, Mikha! — ele respondeu de forma simpática.

A comida estava uma delícia, sem a menor dúvida. E a macarronada estava tão saborosa que Kutzo, Will e Rebeca repetiram duas vezes. À mesa, conversaram sobre a escola; como estavam os pais de cada um e falaram um pouco sobre uma peça que iria estrear na semana seguinte, cujo tema era a aparição do primeiro mestre, Odin Magt, em uma guerra qualquer.

Além de bom, aquele fora um jantar muito divertido para todos os seis, mas Kutzo precisou se segurar para não falar dos dragões ou das outras criaturas, por mais que sempre chegassem perto desse assunto. Ele não queria tirar o tom confortável da refeição falando sobre uma praga de javalis dourados que começava a surgir na parte rural da cidade.

Após o jantar, todos foram para os seus quartos e Rebeca se juntou a Mikha, que estava ansiosa para mostrar uma série de brinquedos mágicos que ganhara em seu último aniversário. Os meninos aproveitaram o tempo sozinhos para falar de seus interesses. Kutzo ficou ouvindo Ronald explicar todas as maluquices que queria fazer com feitiços mirabolantes, enquanto tentava fazer um transplante de tinta entre duas canetas de Will — um procedimento concluído sem danos aos "pacientes".

— E é assim que vou fazer para que o meu rosto possa mudar e se parecer com o de outra pessoa! Entendeu, Kutzo?

— Hã... Claro! — disse rindo e focado em tampar as canetas.

Todos estavam rindo até o momento em que as garotas entraram. Mikha, que estava à frente, vestia uma camisola preta com a estampa de uma caveira de unicórnio. Já Rebeca, que usava um pijama soft de bicho-preguiça, entrou no cômodo dizendo:

— Mikha disse que irá nos ajudar! O professor dela comentou hoje que viu...

ZIUMMM!

A luz que vinha da única lâmpada do quarto se apagou à medida que um zumbido invadia os ouvidos de Kutzo. Ele direcionou o olhar para a janela e viu os postes se apagarem, seguidos pelos "quadradinhos" de luz formados pelas janelas das casas da vizinhança, sobrando apenas um breu e o rosto de Ronald, cujo cabelo loiro era definido, junto de suas bochechas, pela fraca luz do laptop aberto na cama.

— Vish! — exclamou Kutzo, tentando se localizar, abrindo os braços e buscando tatear as coisas no escuro — Tem velas?

— Benefícios de uma cultura quase medieval... — disse Will, abrindo uma gaveta e pegando uma vela cuidadosamente pelo castiçal e levando-a para perto dos amigos.

Agora sim os cinco conseguiam se ver. Will suspirou aliviado.

— Medo do escuro, Will? — Kutzo perguntou?

— E-eu não! Do que você tá falando? — o garoto respondeu gaguejando.

— Hum... — Kutzo hesitou em falar algo e apenas se sentou no chão olhando a expressão rabugenta do amigo — Então, Mikha! O que seu professor disse afinal?

— Ele disse que foi em uma missão e...

Um vento entrou pela janela de forma tão violenta que apagou as velas, de maneira que agora não havia nada para iluminar o quarto escuro. Will grunhiu de medo e ouviu uma voz no corredor.

— Crianças? — chamou a Sr.ª Mellur.

— Ah! Ela de novo nã... — Kutzo tampou a boca de Rebeca antes que ela pudesse terminar de reclamar, mas teve que soltar ao sentir a amiga cravando-lhe as unhas em seu antebraço.

— Ai! — exclamou ele.

— Chato! — disse a garota fazendo alguma careta que Kutzo não enxergou por conta do escuro.

A porta se abriu e os garotos ouviram os passos da Sr.ª Mellur enquanto ela andava pelo quarto. Na frente deles, acendeu-se uma vela revelando o rosto da mulher a um palmo de distância da chama, com o mesmo sorriso de antes, mas que agora Kutzo achou um pouco forçado.

— Acho melhor eu ficar com vocês, temos poucas velas em casa...

— Mas, mãe, nós podemos usar magia... — contestou Will, um pouco aborrecido, porém aliviado com a luz da chama que a mulher segurava.

— Nada disso! — respondeu a mulher em tom de censura — Vocês são muito novos e podem se cansar criando luz mágica! Além do mais, o meu aniversariante tem medo do escuro.

Kutzo segurou uma risada com as costas da mão, enquanto Ronald olhava para Will com um tom de deboche e Mikha rolava no chão rindo do irmão.

— Mãããe! Eu não tenho medo do escuro!

— Eu que tenho! — debochou Ronald, fazendo uma esfera de luz aparecer em sua mão magicamente, de maneira que seu rosto agora estava deformado pelas sombras — Buuu!

— Não sei se ele já contou para vocês, mas quando ele tinha quatro anos... — a Sr.ª Mellur começou a contar.

Kutzo conhecia a história, inclusive, estava lá no dia em que Will começara a chorar no meio de uma peça de teatro, quando as cortinas ainda não tinham sido abertas, e a luz foi diminuindo até a escuridão tomar conta do teatro. Para não fazer a imagem do amigo ser mais difamada, o menino interrompeu a mulher:

— Acho que seria legal... — todos se viraram para garoto. Will parecia agradecer com o olhar — Jogarmos algum jogo!

— Ótima ideia! — disse a Sr.ª Mellur, posicionando a vela no chão à frente dos cinco e se sentando para fechar o círculo que formavam.

— Ótima ideia... — sussurrou Rebeca, imitando a mulher, mas sem a mesma empolgação.

— Não seja tão dura com ela! — cochichou Kutzo.

— Mas e a investigação, Kutzo? Ela atrapalhou...

— Educação! Afinal, você é uma princesinha! — debochou Ronald desfazendo a bola de luz e aproximando-se dos amigos. Kutzo sentia que o garoto emanava muito calor, mas se surpreendeu ao ver que suas mãos não estavam vermelhas.

Rebeca deu um riso sarcástico e levantou a mão para fazer um sinal que Kutzo não viu por ter voltado a atenção à Sr.ª Mellur. A mulher, com um estalar de dedos, fez surgir no chão várias pecinhas de quebra-cabeça.

Os cinco seguiram a próxima hora montando um quebra-cabeça sem graça e monocolor, com a mesma coloração do chão, e ninguém conseguia entender por que a Sr.ª Mellur achava aquilo tão interessante. Até mesmo Kutzo, que amava montar coisas, achou a brincadeira um verdadeiro tédio! Naquele momento, o menino então se arrependeu, amargamente, de ter livrado Will de uma vergonha momentânea.

Enquanto procurava um local no tabuleiro mal iluminado para encaixar a sua peça, o garoto olhou para o lado e viu que Ronald transmutava uma parte do jogo para encaixá-la em qualquer lugar, e que Will se largara no chão e só colocava uma peça quando a mãe pedia.

Entre uma rodada e outra, Rebeca estava tentando ler seu livro, mas sequer conseguiu passar da página que mostrara para os amigos quando chegaram.

O tédio consumiu Kutzo, que não conseguia ver a hora que o relógio do laptop marcava, mas sabia que já deveria estar muito tarde. Então, uma ideia clareou sua mente. O garoto se arrastou até Mikha, sem que a Sr.ª Mellur visse, e cochichou seu plano para a menina:

— Você é a mais nova aqui... Fala que está com sono!

— Mas eu não estou! — afirmou a garota, virando-se para ele.

— Eu sei, mas você quer gastar a sua energia com esse joguinho ou investigando?

— MÃE! — Kutzo deu uma risadinha e voltou para onde estava para ver o que ela falaria — Estou com sono!

— Oh, querida! Então vamos acabar com os jogos por hoje! — a Sr.ª Mellur apanhou a vela, cujo tamanho reduzira pela metade, olhou para a filha e disse:

— Vamos para a cama!

Kutzo sentiu Rebeca soltar o livro e rolar para debaixo da escuridão da cama de Will. Ele estranhou, mas seguiu Mikha com o olhar, enquanto ela se levantava e saía do quarto na companhia da mãe.

— Espera.. Cadê a Rebeca? — perguntou a mulher antes de sair.

— Ela tá... — Kutzo, que mal enxergava o rosto da Sr.ª Mellur, sentiu Rebeca beliscar as suas costas — Ai! Ela saiu de fininho para ir ao banheiro, senhora!

— Ah, ok! Boa noite, meninos!

Ao sair do cômodo, a mulher se dirigiu para um lado, enquanto Mikha foi para outro. Com expectativa, as crianças ouviram a dona da casa bater à porta de seus aposentos, ao mesmo tempo que a garota voltava bem devagar, tentando não fazer barulho.

Capítulo 8

Fenrir

Rebeca, que ainda estava debaixo da cama, saiu de lá com o cabelo todo bagunçado e cheio de papéis de chiclete colados, provavelmente esquecidos por Will. Ela abriu um sorriso grande para Kutzo, que sentiu suas bochechas corarem quando a menina lhe deu um beijo na testa.

— Desculpa o beliscão! Mas era para te calar!

— Tá... — murmurou ele, sem dar atenção ao que a garota dizia, pois ainda estava pensando no beijo na testa. Se ele tivesse engrenagens, provavelmente iriam começar a sobrecarregar agora.

— Então, agora que finalmente a mamãe não vai nos incomodar — Mikha começou a falar, voltando ao quarto a passos calmos. — Meu professor disse que viu algumas criaturas, parecidas com lobos, andando pelos becos de Austrópolis. Mas, segundo ele, eram animais maiores que um caminhão e tinham olhos vermelhos! Infelizmente, todos fugiram antes que o professor pudesse chegar mais perto...

— Estranho o seu professor tocar no assunto enquanto o Russel... Não! Será que... — Ronald começou a falar.

— Não! Acho que Russel não tem nada a ver com isso! — Kutzo interrompeu o amigo.

— Ele não faria mal a nenhum cidadão. Você o viu falando hoje com aquele ar de guerreiro patriota! — Will afirmou, levantando-se para fechar a janela, que a essa hora deixava entrar uma brisa gelada.

— Ah! Mas enfim! Seu professor viu Fenrirs?

— O quê?! — perguntaram Kutzo, Mikha, Rebeca e Will juntos.

— Não conhecem? — Ronald questionou, olhando as feições curiosas nos rostos de todos, menos no de Will, que tentava enxergar algo na rua — São lobos pretos, de uns quatro metros e cheios de marcas cinzas nos pelos, que lembram tatuagens. Eles são conhecidos por terem a força de 20 homens!

— Kutzo, vem aqui! — Will chamou, como se nem prestasse atenção em Ronald.

O garoto então se levantou e foi até o amigo, que apontou para uma sombra na calçada. A noite estava escura, e a lua, que havia se escondido atrás das nuvens, apareceu e iluminou parte da vizinhança até chegar na sombra misteriosa. Era exatamente como Ronald descrevera: uma grande fera! Um Fenrir com os olhos vermelhos e cheios de raiva!

— É isso! — disse Mikha um pouco alto demais, de maneira que Will e Kutzo fizeram sinais desesperados para que ela falasse mais baixo — Ah! Desculpa...

Mas o que eles temiam aconteceu. O Fenrir que antes apenas estava cheirando um poste caído virou-se para a janela. Kutzo sentiu um frio na espinha ao encarar os olhos raivosos e vermelhos do animal, ao mesmo tempo que ele rosnava para intimidar os três.

O menino fechou bruscamente a janela, fazendo um barulho gigante. Todos se viraram para a porta, com grande expectativa, mas chegaram à conclusão de que a Sr.ª Mellur não tinha ouvido, caso contrário, já teria berrado de seu quarto. Os garotos se entreolharam e suspiraram pesadamente. Parecia que o susto havia passado.

No entanto, ao se virar para os amigos, Kutzo estava pálido e assustado, de tal forma que suas pernas não paravam de tremer. Ele arriscou olhar por cima do ombro para ver o Fenrir, mas essa não foi uma boa ideia.

De repente, o grande lobo fez toda a rua e as casas tremerem com um estrondoso rugido, seguido de latidos no mesmo timbre feroz e destrutivo.

— Meu Ienzen! Preciso estudar mais monstros! — gemeu Rebeca folheando seu livro apressadamente.

Os vidros do quarto cederam e se estilhaçaram com o urro do Fenrir. Naquele momento, Kutzo foi puxado por Will e Mikha para que os três ficassem agachados embaixo da janela. Atrás deles, a parede tremia com o alto e feroz som produzido pelo animal.

— Ele vai se acalmar... Tenho quase certeza... — disse Will um pouco apreensivo.

Os meninos então ouviram passos no corredor, que pareciam vir do quarto da Sr.ª Mellur.

— Agora não! — falou Kutzo, estendendo uma das mãos abertas em direção à porta, dizendo em alto e bom som o feitiço da tranca:

— *Las Doren!*

Ao proferir aquelas palavras, uma aura partiu de sua mão, iluminando o quarto, até colidir com a porta, que imediatamente fez um *cleck* na fechadura.

— Vocês estão bem, crianças? Parece que tem um Fenrir na vizinhança! Vou chamar os lutadores... — disse Edelina, com a voz abafada, tentando abrir a porta.

Quando Ronald abriu a boca para responder algo, Will rapidamente jogou uma almofada no amigo e se levantou em direção à porta, colocando o ouvido nela.

— Estamos dormindo, mãe! Bem, nós estávamos até ouvirmos os latidos... — o garoto falou com uma voz fingidamente cansada — Não se preocupe! Esse cachorrão não vai dar tantos problemas...

Era engraçado ouvir o menino dizer aquilo, enquanto o Fenrir gania sem parar do outro lado da janela do seu quarto. Quando Kutzo viu com dificuldade a sombra de Will gesticular que a barra estava limpa, ele se levantou e começou a tatear pelo quarto à procura de sua mochila. Ao encontrá-la, abriu o zíper e puxou dali a sua espada, cuja lâmina refletia a luz das velas.

— Kutzo, não! — advertiu Ronald — os latidos começaram a ficar mais calmos, mas o tremor continuava — Isso é completamente irresponsável!

— Só vou afastá-lo... — disse o garoto com o peito estufado.

— E morrer no processo! — completou Rebeca.

— Vamos! Eu ajudo! — Will já estava com o seu velho arco em mãos e posicionando uma flecha.

— Meu Ienzen, gente! A Sr.ª Mellur...

Ronald começou a falar, mas Kutzo sequer ouviu o que o menino dizia, pois, naquele momento, sua mente estava focada em tirar aquele lobo gigante da reta. Podia ser, sim, uma atitude impulsiva, mas quem liga?

Com a espada em mãos, o garoto viu Mikha abrir a janela que ainda estava inteira e, de repente, mais um rugido chegou até eles, acompanhando por um vento quente e malcheiroso, com certeza o bafo do Fenrir. Kutzo fez uma careta e foi andando, ao lado de Will, até a janela.

— Se você morrer, eu te mato! — disse Rebeca que, como sempre, já esperava ideias mirabolantes vindas do amigo.

Kutzo assentiu com a cabeça e Will levantou o arco. Naquele momento, os meninos viram a enorme e peluda pata do animal se levantar para atingir a casa. Parecia uma grande almofada cinza, potencialmente mortal, com garras que pareciam ter, pelo menos, o tamanho da cabeça dos garotos.

Uma flecha partiu do arco e acertou precisamente a pata, ficando nela. Ouviu-se, então, um grunhido de dor. Kutzo correu e pulou pela janela, controlado puramente pela adrenalina do momento. O tempo pareceu congelar, e a sua queda parecia mais uma flutuação divertida. O menino olhou para os lados e não conseguiu ver nada na escuridão. As casas não tinham luz, já que os postes haviam sido destruídos pelo Fenrir. Assim, a única fonte de iluminação possível vinha da lua, que se encontrava encoberta pelas nuvens naquele momento.

O vento vinha uivando lentamente como o Fenrir que estava caído no chão. Apesar da presença da criatura, Kutzo parecia estar sozinho no vácuo e conseguia ver o luar iluminar colunas finas entre as casas da rua, o que dava a impressão de que só havia "tiras" de breu na vizinhança. Entretanto, os olhos vermelhos do Fenrir tinham sua própria luz.

O garoto sentiu a respiração do animal bem próxima, mas a lua mal iluminava os pelos do Fenrir e Kutzo só conseguia enxergar silhuetas de partes robustas daquele enorme corpo, como sua gigantesca cabeça. O lobo abriu a boca como um cachorro tentando pegar um aperitivo e, naquele momento, o tempo parecia voltar a rolar, então o garoto disse o primeiro feitiço que lhe veio à cabeça:

— *Orbis Boca!*

O Fenrir cerrou a mandíbula imediatamente. Kutzo aproveitou que o animal estava ocupado tentando abrir a boca e deu um salto, deslizando pela cabeça da criatura até seu dorso. Com a mão que estava livre, o garoto segurou firme os pelos da besta, que estavam úmidos e muito escorregadios, e tentou se equilibrar.

Naquele instante, quando o menino sentiu a criatura se mexendo alvoroçada de um lado para outro, uma flecha saiu da janela mal iluminada e quase acertou seu ombro, mas que fora salvo graças aos movimentos instintivos do Fenrir.

— ERA PRA ME AJUDAR?! — gritou ele incrédulo, vendo a flecha fincada em um poste que parecia ter sido mastigado como uma caneta.

— Desculpa! — Kutzo ouviu a voz de Will lá longe.

Tentando segurar mais firmemente a pelagem do animal, sem querer, o menino fez um pequeno movimento e sentiu sua mão escorregar. Ele então foi jogado no chão com violência e gritou de dor, sentindo o braço latejar depois do impacto com o asfalto irregular da rua, tendo certeza de que havia fraturado algo.

Kutzo olhou nos olhos da criatura e congelou de medo. O Fenrir agora andava em sua direção, mas ainda sem poder abrir a boca por causa do feitiço. No entanto, a cada passo, a altura do animal parecia dobrar de tamanho, sobretudo, na perspectiva do garoto, que observava a besta de baixo para cima. Ao chegar mais perto de sua presa, o enorme lobo levantou a pata e…

Desmanchou-se em pó! Seus olhos vermelhos começaram a sumir e sua boca, ainda imobilizada, proferiu, em tom de alerta e com a mesma voz que Kutzo ouvira do dragão, as seguintes palavras:

— ELE VOLTOU!

Quando a poeira abaixou e uma luz foi conjurada por duas mãos gordas, Kutzo abriu um sorriso. Rebeca, com a sua espada em mãos e Ronald com uma katana no coldre, aproximavam-se do garoto com um olhar bem mais sério do que o normal, o que fez o menino desmanchar o semblante feliz e levantar-se imediatamente. Além de dolorido, ele estava cheio de poeira misturada com grandes fios grisalhos espalhados pela camisa do pijama e tentou limpá-los com uns tapinhas no ombro, mas, com nenhuma surpresa, não adiantou de nada.

— Você quase morreu! — disse Ronald, ajudando o amigo a se guiar até a casa com a bola de luz em sua mão.

— Mas não morreu... — interveio Rebeca, agora olhando a roupa suja de Kutzo — Você está bem?

— Sim... — mentiu o menino.

— Você podia ter nos chamado! Ou, pelo menos, a mim... — a menina disse irritada.

— Mas você nem quis ajudar a abrir a janela!

— Não, eu... Ah, vai! Entra logo! — e fazendo uma espécie de anotação mental, a garota disse para si mesmo, mas em voz alta — Anotado! Fenrirs gostam de postes de metal! Vivendo e aprendendo, Rebeca!

Kutzo tentou entender o motivo do aborrecimento da amiga durante todo o caminho até o quarto de Will e se questionou: se ela queria ir, por que não falou? Seria muito mais fácil. Então chegou à conclusão de que a amiga era muito confusa às vezes.

Diante desse pensamento, ele até tentou discutir mais, porém ela apenas fingiu que não o ouvia e entrou na casa, falando para Ronald sobre quando sua mãe a ensinou a mostrar-se confiante para ter a fidelidade de animais pequenos, o que claramente o Fenrir não era.

Capítulo 9

O sonho

Mikha tirou de dentro da mochila uma pasta gosmenta e deu a Kutzo para passar no local em que o braço latejava para amenizar a dor.

— Cacei esse Joalux hoje de manhã! — disse a garota mostrando um pequeno pote de vidro com uma joaninha cintilante.

— Você é mesmo genial com poções! — falou o menino dando um sorriso de agradecimento.

— Ah, obrigada!... Eu estudo bastante, sabe... — as bochechas da garota coraram e ela as escondeu com os cabelos.

— Então... — Will começou a dizer, escorando-se no amigo — Melhor dormimos! Já tivemos muita diversão hoje!

— Você puxou mesmo a sua mãe — Kutzo debocha, dando um soquinho no ombro do amigo — Amanhã nós continuaremos a investigar! Esse Fenrir vai nos facilitar bastante!

— Você ouviu que ele, assim como o dragão, disse que alguém está de volta? — perguntou Rebeca, e Kutzo afirmou com a cabeça — Agora estou animada! Vamos ser tipo detetives! — todos deram risadas.

Rebeca e Mikha decidiram dormir com seus colchões no quarto dos meninos mesmo e Kutzo pegou emprestado um pijama de Ronald, já que o seu estava mais do que sujo.

Depois de tanta adrenalina, todos dormiram rapidamente com exceção de Kutzo que se deixou dominar pelos pensamentos, com certeza ruins, sobre o que poderia acontecer com Austrópolis após a invasão desses animais mágicos.

O menino sempre soube da existência de lutadores de má índole, porém nunca tinha passado por algo semelhante. Tinha medo de que machucassem seus amigos e receava não ser forte o suficiente para defendê-los. Rebeca, que estava deitada bem ali ao lado, parecia ter sentido a preocupação do amigo, porque o garoto a sentiu segurar sua mão.

— Não se preocupe... — disse ela baixinho.

Ele apertou levemente a mão da garota em retribuição e pensou no quanto ela era uma amiga incrível e sempre estava ali para ele. Rebeca era forte, segura de si, inteligente… Tudo o que Kutzo gosta em uma pessoa estava estampado no rosto delicado da menina. Ele então suspirou e fechou os olhos para tirar os pensamentos ruins da cabeça e finalmente adormeceu.

Nessa noite, o garoto sonhou que estava descalço em uma longa estrada rural de terra batida. De repente, o chão ficou muito quente e ele começou a pular para que seus pés não ficassem queimados, seguindo em pulos até alcançar o topo.

Ali encontrou um campo aberto com arbustos e outras plantas simetricamente cortadas a uma certa altura. Algumas flores cor de sangue se misturavam ao verde em uma forma estranha. Kutzo, curioso, começou a andar pelo local reparando em cada detalhe quando se deparou com uma gigantesca torre feita de tijolos. Sua cor bege aparentava ter sido castigada pelo tempo e sua forma circular era finalizada por um telhado cônico de tom escuro.

Em uma das janelas redondas, o garoto avistou uma sombra utilizando o que parecia ser um manto e um chapéu, mas antes que ele pudesse visualizar o rosto daquela silhueta, o chão abaixo dele criou mãos e agarrou seus tornozelos. Kutzo tentou chutar, contudo fora puxado para baixo atravessando o gramado e caindo em um vazio escuro e frio. Assustado, ele tentou gritar, mas nada saía de sua garganta. Ao se virar para baixo viu crescer um ponto luminoso, que estava prestes a cair em três, dois…

TRRIIIIIIM!

O menino acordou em seu colchão na casa de Will, sentou-se tirando as grossas cobertas de cima de si e pensou: "Que sonho maluco!".

Ele virou-se para o lado e viu que todos seguiam dormindo, mesmo com o som estridente, de estourar os tímpanos, feito pelo despertador. Dando mais uma olhada pelo quarto, o garoto observou que Rebeca abraçava a si mesma; Will e Mikha dormiram um em cima do outro e que Ronald, no outro lado do quarto, era o único que não inventara uma posição esquisita para descansar.

Kutzo se levantou e esfregou os olhos, que estranharam a iluminação do sol que invadia o quarto, através da janela sem cortinas. Ele foi até o despertador para desligá-lo e viu que o objeto marcava seis horas em ponto.

— Ah, ótimo! Me despertou duas horas antes da aula começar! — resmungou o garoto, andando na direção de Will e cutucando-o com a palma da mão — Acorda!

Will não moveu nem um músculo. Parecia estar em coma e não dormindo. Kutzo o balançou mais um pouco, mas o máximo que conseguiu foi um ronco potente que parecia ter saído de um porco.

O garoto decidiu deixar o aniversariante dormir mais um pouquinho, para que ele não começasse a celebrar o décimo segundo aniversário sendo acordado às seis da manhã. Então, ele foi até Rebeca e a balançou com um pouco mais de suavidade para não assustá-la, afinal, ele sabia que a amiga tinha um sono leve. A garota se virou sem abrir os olhos para Kutzo e perguntou:

— Que horas são? — sua voz estava rouca e cansada.

— Seis... — respondeu ele, sorrindo feliz por alguém acordar.

— Então, nesse caso, me acorde depois... — ela voltou a deitar a cabeça no travesseiro e continuou dormindo.

O sorriso de Kutzo desmanchou na hora. Entediado, ele voltou a andar em círculos pelo quarto, pensando novamente no sonho, cuja metade mal se lembrava, mas desejava voltar a vê-lo novamente, pois parecia o início de um daqueles sonhos... mais interessantes que muitas histórias reais.

O garoto ainda estava pensando nisso quando viu, pela janela, quatro lutadores andando pela rua e investigando a pilha de poeira deixada pela criatura.

— Eles não fazem ideia de que foram três crianças que atacaram e derrotaram esse Fenrir. Se eles levarem todo o crédito... — Kutzo disse para si mesmo.

Observando atentamente o que faziam, o menino viu que um dos quatro lutadores, o que tinha cabelos louros espetados e largos ombros, usava um traje com detalhes negros, simbolizando o status de elite.

De onde estava, era possível enxergar apenas as hastes pretas de seus óculos, já que o homem estava de costas, examinando a poeira cinza com uma espécie de luva esquisita. No entanto, essas poucas características foram suficientes para que Kutzo reconhecesse o seu pai, Leonard Glemoak. À sua frente estava outro lutador, seu tio por parte de mãe, Heitor. Este tinha um corpo magro, um nariz avantajado e o rosto absurdamente fino. No entanto, sua grande e espessa barba ruiva, como os cabelos de sua irmã, fazia com que seu semblante se tornasse um pouco mais largo. Enquanto percebia que os olhos azuis brilhantes do tio estavam fixos na mão de seu pai, que mexia no monte de poeira, Kutzo pôde ouvir o que diziam:

— Não pode ter sido espontâneo. Essas feras de poeira que vêm aparecendo é obra *dele*, Heitor! E ele não faria algo que morresse do nada. — disse o pai do garoto.

— Edelina me ligou... E, quando cheguei, já não havia nada. Impossível ter vindo alguém do quartel lutador no turno da noite.

— Exatamente! — Leonard se levantou — Mas não se esqueça de que temos lutadores que atuam fora do turno e... Aprendizes que têm sede por aventuras...

Eles se viraram para as casas, observando uma por uma até pousarem o olhar em Kutzo, que estava na janela. O pai sorriu para o filho, que levou um susto, e tentou disfarçar o fato de que estava espionando, mas pela risada de seu tio, o apressado "olhar para o horizonte" que o menino dera não parecia ter dado muito certo. Ele então levantou a janela quebrada e pôs a cabeça para fora.

— Foram vocês, filho?

— Ah... Ele estava latindo alto e... Sim! — Kutzo disse, já esperando por um sermão que estranhamente não aconteceu.

— Tudo bem! Pelo menos não se machucaram e previniram ataques violentos! O apagão de ontem foi culpa desse Fenrir que mastigou a central de energia da cidade e alguns postes... Não vou brigar com vocês, afinal, soube hoje cedo sobre o que aconteceu no túnel ontem na hora do almoço! — Kutzo se sentiu orgulhoso de si e entendeu que o pai também — Mas e aí filho, dormiu bem?

O menino abriu a boca para responder, mas um alto rugido, mais estrondoso que um Fenrir, o interrompeu. Apoiando-se na parede, ele colocou metade do corpo para fora da janela e viu, atrás dos prédios, uma criatura monstruosa batendo suas enormes asas. Era o maior e mais tenebroso dragão que já vira! Seu pai socou o ar usando magia para empurrá-lo para dentro do quarto e Kutzo deixou escapar um grito quando caiu em cima de Will e Mikha.

Capítulo 10

O pior aniversário

— AAAH! — berrou Will com uma das pernas embaixo das costas de Kutzo.

— Desculpa! — ele respondeu se levantando e tentando não apoiar seu peso em Mikha — Mas... Feliz aniversário!

— É assim que se comemora o aniversário de alguém? — Will indagou se levantando e cambaleando para os lados, com o cabelo cobrindo seus olhos.

— Não, é que... — Kutzo começou a dizer.

Enquanto isso, Rebeca também se levantou com uma feição rabugenta de quem queria ficar grudada na cama. Ela passou pelos meninos e se escorou na janela.

— Meio que temos uma outra criatura entre nós — finalizou o garoto com ansiedade em seu peito.

— Outro Fenrir?! — perguntou Will assustado.

— Pior!

Rebeca deu um grito agudo que fez Ronald dar um pulo do colchão arregalando os olhos azuis e tentando recuperar os sentidos após tanto tempo de sono. Todos se viraram para a janela em que a menina estava. O coração de Kutzo estava a mil e suas pernas tremiam.

— Acho que o churrasco do meu aniversário vai ser diferente esse ano... — disse Will com a voz trêmula.

As crianças então viram pela janela uma fina linha de fogo que descia em círculos até o chão, como uma fita de dança que emanava um imenso calor mesmo estando há metros de distância.

Kutzo esticou seu pescoço para ver por cima do ombro da amiga e enxergou o fogo ricocheteando pelo asfalto e atingindo a grama na calçada, iniciando uma trilha de chamas que se alastrava por toda a rua.

Determinada, Rebeca se virou para os amigos e Kutzo engoliu em seco, pois sabia o que significava o olhar decidido da amiga.

— Você acha que a gente... — disse ele receoso.

— Claro! Precisamos investigar, não é? — a menina respondeu quase gritando. Agitada, ela escancarou a porta e correu para o quarto de Mikhaela, onde havia se trocado na noite anterior.

Will e Kutzo se entreolharam. Era como se os amigos lessem o pensamento um do outro. Este tirou a camisa listrada e a jogou longe, puxando com um aceno sua jaqueta cinza. Aquele, da mesma forma, atraiu seu velho moletom verde-musgo e, enquanto o amigo vestia a calça, falava com Ronald enquanto observava o fogo se alastrar:

— Vocês devem ser loucos para irem... — Ronald falou.

— Loucos? Estamos indo fazer um favor! Não podemos deixar a cidade ser atacada por um dragão enorme — respondeu Kutzo olhando-se na lâmina de sua espada — Rebeca quer ir atrás de informações!

— Não! — Will respondeu, juntando as flechas que estavam largadas em sua mesa — Você a conhece! Não é hora de informação, precisamos de ação!

Ronald suspirou e se levantou apressado.

— E aí, o que nos diz? — Kutzo perguntou com um grande sorriso no rosto.

— Ah, então vamos nessa! — o garoto ficou aliviado, pois não gostava nem um pouco dos instantes de medo ou censura de Ronald.

— Eu vou ficar aqui, não posso machucar minhas mãos lutando — disse Mikha, mostrando um sorriso infantil, seguido de um pedido — Kutzo, só não deixe a Carol se machucar, ok?

— A Carol? Ah, minha mãe não vai deixá-la sequer ver o dragão, relaxa! — disse Kutzo feliz com a empatia da garota pela amiga. E por um instante ele pensou no quanto a amizade entre elas parecia ser tão forte quanto a do quarteto.

Minutos depois, os quatro saíram de casa sem que a Sr.ª Mellur descobrisse, com Mikha trancando o quarto e colocando gravações das vozes dos quatro para serem reproduzidas, caso sua mãe perguntasse sobre eles.

Quando passaram pelo portão, viram o fogo subindo pelas árvores e arbustos e, inclusive, tentando alcançar as altas janelas. O jato contínuo do dragão parecia estar há várias ruas de distância naquele momento. Kutzo olhou em volta e não viu ninguém.

O garoto foi se aproximando com calma até chegar a um dos jardins da calçada cheia de fogo. Passou a mão por cima da barra de metal que protegia a grama e vociferou:

— *Aqua!* — uma bolha d'água se formou na mão dele, estourando acima da chama. Contudo, o fogo apenas abaixou e seguiu a queimar.

— Mas… A água deveria ter apagado o fogo… Você deve ter falado errado! — Rebeca o empurrou com o quadril e ergueu a mão na altura do peito. O garoto a olhou com um ar ultrajado.

— *Aqua!* — mas o feitiço tornou a falhar em contato com o fogo.

— Será que eu que fiz errado mesmo? — Kutzo debochou e Rebeca estalou a língua revirando os olhos.

— E se nós quatro fizéssemos o feitiço? — perguntou Ronald.

— Mas não faz sentido! O fogo deveria apagar… — reclamou Kutzo, olhando a chama consumindo a grama e deixando um rastro de cinzas.

— Até que faz… Tipo, o fogo deve estar muito mais quente que o normal! É um dragão imenso, né? — explicou Rebeca com um olhar pensativo.

— E…? — os meninos indagaram sem entender.

— E… — ela continuou a dizer, jogando os cabelos para o lado enquanto conjurava em sua mão mais uma bolha de água — O fogo de um dragão, por ser muito mais quente que o de uma fornalha, por exemplo, é mais difícil de apagar, porque a água vira vapor antes mesmo de tocar as chamas.

— Aaaah! Agora sim faz um pouco mais de sentido! Vamos! 1, 2...

Kutzo contou lentamente até três, e as crianças conjuraram, com o mesmo feitiço, quatro grandes bolhas d'água que estouraram no momento em que se encostaram. A quantidade de líquido foi suficiente para acabar com a brasa, mas ao levantar o olhar, Kutzo se deu conta de que todo o resto da calçada ainda estava em chamas.

— Droga! Agora...

O menino foi interrompido por um grande estrondo. Cachorros em todas as casas da rua começaram a latir desassossegados e pessoas gritavam em todos os lugares. Ouviu-se um rugido que suplantou todos os sons.

Kutzo sentiu um arrepio ao ver o dragão subindo acima da altura dos prédios no horizonte. Era um lagarto alado gigantesco. Sua pele era negra como carvão e sua coluna era cortada por dezenas de espinhos um pouco mais claros. A criatura virou-se de lado e Kutzo cerrou os olhos para conseguir enxergar melhor as pupilas em fenda do dragão. Se elas fossem vermelhas, iria explicar muita coisa. E essa era a sua cor: um vermelho brilhante que conseguiria ser visto de qualquer lugar, como a luz vermelha de um avião comercial. Mesmo estando a alguns quilômetros de distância, Kutzo já sentia irradiar dele uma energia poderosa.

— Mas que coisa é essa? — perguntou Will logo atrás do menino.

O dragão soltou mais uma lufada de fogo! Sua silhueta ficou desfocada pela luz alva que vinha das chamas, mas que logo se amarelou em certo ponto.

— Será que ele está atacando o abrigo?

— Se for... — começou Rebeca assustada — Os dragões de Kros não são treinados para sobreviver... Apenas para servir aos humanos. Assim como em Bogoz.

— Precisamos salvá-los, então! Imagina se perdermos o pouco que temos? E esse dragão pode criar exércitos de outros dragões ou sei lá! — disse Kutzo, empunhando a sua espada.

— Vão Will e Kutzo, então! São os únicos que quiseram ter dragões de estimação! — disse Ronald.

— Mas como vocês vão apagar o fogo? — Will perguntou preocupado e Kutzo conseguiu perceber desespero em sua voz.

— A gente consegue fazer duas bolhas cada um, vão! — Ronald respondeu, encorajando-os a partir.

— Mas vocês vão se cansar... — Will tentou argumentar.

— Vããão! — o menino insistiu mais uma vez.

Will fez uma careta e se virou rapidamente na direção em que estava o dragão negro. Kutzo só conseguiu sentir o amigo puxá-lo pelo braço, obrigando-o a segui-lo com a mesma agilidade, mas o menino acabou por tropeçar em seu próprio andar, soltando-se de Will.

Com a queda iminente, ele teve que colocar as mãos para frente para encostar-se em um poste. Depois de readquirir o equilíbrio, sentiu a mão sair do poste com dificuldade, então, notou que tinha se apoiado em uma gosmenta baba de Fenrir. "Eca!" Pensou ele após voltar a seguir Will que já estava muitos metros à frente.

— Vamos logo! Eles estão precisando da nossa ajuda!

— Eu tô indo o mais rápido que eu posso! E eles sabem voar... Podemos ir com menos pressa! — resmungou Kutzo para o amigo.

— Dragões matam dragões! — o menino argumentou.

— Mas, Will! — Kutzo começou a falar, mas deu meia-volta pela área ocupada por uma casa de cachorro chamuscada e destruída tábua por tábua. "Obra do dragão", pensou ele.

— Os nossos dragões são praticamente filhotes! E são nossos há apenas dois anos...

— Junzen atacou adultos e filhotes na batalha de Borodra Genesis...

— Não queira comparar uma guerra entre dragões divinos com um... Dragão comum!

— Os dragões são violentos! Ainda mais se forem uma das pragas!

— Nem todos! — contestou Kutzo, tentando ignorar alguns postes mastigados e casas pegando fogo ao mesmo tempo que discutia.

— A maioria, isto é, os pequenos como os nossos, não...

Naquele momento, os dois atravessaram correndo a mesma ponte onde Will e Rebeca brigaram no dia anterior, e chegaram ao bairro de Gigalo Nicolau. Havia dezenas de homens e mulheres com uma roupa negra com um escudo nas costas — lutadores —, todos olhando para o furioso dragão que abanava sua cauda pontuda de um lado para o outro sem parar.

Seu olhar era penetrante e logo causou arrepios em Kutzo, que ao desviar um pouco os olhos viu o que causara o baque que ouvira há pouco: um prédio inteiro havia desabado em cima de outro, levantando uma nuvem de poeira que caía sobre a rua como neve.

A vizinhança estava repleta de objetos variados e materiais que faziam parte da estrutura do edifício, tudo junto e espalhado no chão, como se nunca tivesse feito parte de uma unidade. Aquilo pesava para Kutzo de um jeito diferente, afinal, era a sua cidade em chamas e destruída, o lugar onde ele cresceu.

Passando os olhos novamente pela área, o menino viu que alguns lutadores consolavam civis chorosos e crianças com marcas de ferimentos graves em suas bochechas sendo socorridas. Um verdadeiro horror!

ROAAAAR!

Kutzo virou-se assustado, com as pernas tremendo, para o dragão. Seu estômago deu cambalhotas quando notou que as pupilas finas e cintilantes da negra criatura encararam-lhe por longos segundos.

Will puxou de sua aljava, toda emendada e encardida, uma flecha. O garoto jogou sua franja para o lado e virou seu corpo, ajeitando a postura, para colocar a flecha corretamente no arco, atirando-a em seguida. Lutadores próximos urraram de fúria para Will. O dragão ergueu sua gigante pata com três afiadíssimas garras e simplesmente deu um tabefe na rápida flecha e a fez cair no chão como uma simples pena.

— Quem deixou essa criança ter uma arma? — um dos lutadores gritou.

— Pelo menos não tô de espectador, não é mesmo?! — Will explodiu em resposta, de modo que suas palavras até acordaram uma criança que estava nos braços da mãe. Ele dobrou novamente o braço para alcançar uma outra flecha e a disparou.

— Não grita, cabeção! — disse Kutzo em desespero, pois o dragão parecia ter ficado enfurecido a julgar por suas narinas expelindo vapor. Ele abriu sua monstruosa boca e urrou com toda a sua força.

Os lutadores mais próximos se enfileiraram à frente dos dois meninos com feições típicas de quem não está fazendo o que queria. Kutzo ergueu uma sobrancelha perguntando a si mesmo se eles queriam mesmo estar ali lutando. Ele queria! E esperava pelo dia que poderia ajudar em algo, o que nunca conseguia ou podia.

Naquele instante, todos viram o dragão negro encher a boca aberta de algo que saía de sua garganta, e uma esfera brilhosa se formou e tomou uma viva cor vermelha. A bola de fogo entalada na bocarra do dragão começou a se soltar e se arrastar pelos dentes amarelos do monstro, como se fosse um bloco maciço.

De repente, a esfera se soltou por inteiro em uma explosão que trouxe um bafejo tórrido balançou os seus cabelos e o seu campo de visão se tornou amarelado com a aproximação da gigante bola flamejante. Kutzo ouviu os lutadores à frente dele gritarem algo, e um homem, que estava mais adiante e que tinha um físico grande e uma careca que refletia a luz do fogo, conjurou um grande escudo reforçado e aumentado pelos outros seis lutadores.

A bola de fogo colidiu com o escudo e Kutzo percebeu que os calcanhares dos lutadores se moverem ligeiramente para trás, enquanto seguravam a proteção que, por sua vez, fazia a esfera se desmanchar e o fogo escorrer para os lados antes de se dissipar.

Os lutadores deram as costas à criatura e fizeram sinal para que os outros guerreiros fossem combater o dragão, que subiu aos ares desviando de feitiços e flechas. Sua cauda batia em destroços, fazendo o concreto ser lançado em todos.

Kutzo olhou para Will e viu que o amigo mantinha um sorriso no canto do rosto, mesmo diante dos lutadores visivelmente irritados.

— O que acham que estão fazendo? — perguntou a voz grossa do lutador careca.

— Ajudando! E… — começou Kutzo, abaixando a cabeça.

— Não quero crianças catarrentas no meio de um ataque tão sério! Sabiam que não temos algo parecido desde 1988?

— Não somos catarrentos, senhor! Na verdade… — Kutzo começava a se aborrecer. Eles eram lutadores aprendizes e não simples civis, tinham o direito de ajudar.

— Não quero mais um pio! Saiam daqui logo, ou terei que…

O garoto nem se importou com o resto da frase. Olhou por sobre o ombro do homem e conseguiu enxergar o dragão, mal sendo afetado pelos feitiços dos lutadores, cuspindo mais uma rajada de fogo na direção dos prédios.

De repente o monstro mergulhou no ar, levando, com sua enorme asa, algumas partes de edifícios, que logo desmoronaram um pouco depois da criatura passar. E naquele instante, aproveitando a guarda aberta dos sete lutadores, e a rua sem obstáculos, a criatura virou-se de costas e balançou energicamente a cauda.

Kutzo segurou a espada discretamente pela bainha e olhou de canto de olho para o amigo, que apenas piscou em retribuição, mas sem tirar o olhar do lutador que seguia falando.

Ele sacou sua arma sem nenhuma demora, e a lâmina cortou o ar. Ao ver que Will levantava novamente o arco, com uma terceira flecha, Kutzo deu um sorriso de aprovação.

— Agora vão usar armamentos? Não deveríamos usar nada contra um de vocês, mas agora somos obrigados a...

No momento que os lutadores empunharam as suas adagas, algo os empurrou para o lado, fazendo com que caíssem, assim como Leonard fez com Kutzo minutos atrás. O menino apenas seguiu o movimento deles com os olhos, mas voltou a encarar o dragão que, naquele instante, estava de lado e empurrando a enorme cauda na direção deles. Kutzo segurou o braço de Will e berrou:

— *Itus nós!* — o feitiço carregou os garotos, em uma fita de luz, para alguns metros acima, enquanto a cauda do bicho se arrastava logo abaixo deles.

Apressadamente, Will disparou a flecha para a frente, durante a queda, e acertou a cauda da criatura no momento que ela entrou na frente do disparo. O dragão urrou, mas não de dor, de ódio. Quando Kutzo chegou o mais próximo que consegui daquele enorme rabo, ele esticou a mão e tentou acertá-lo com a espada para empurrá-la por entre as escamas do dragão.

O braço do garoto tremeu e seus olhos arregalaram, pois mesmo fazendo muita força, a espada apenas encostou na pele grossa do animal, que se mostrou mais dura do que qualquer outra coisa que ela tinha visto.

Com um feitiço executado às pressas, os meninos amorteceram a queda e Kutzo, puxando Will, se jogou rapidamente para dentro de um estabelecimento a poucos metros da calçada, cuja porta caiu com o impacto de seus corpos.

— Essa foi por pouco! — comentou Will ofegante.

— Sim... Espero que não tenhamos grandes problemas. Aqueles caras eram os maiores coroas!

— Não é? — Will riu e disse, imitando a voz grossa e um pouco irritante do lutador — Eu sou velho, então não aceitarei ajuda de dois garotos que só queriam ver alguns dragões!

Kutzo gargalhava despreocupadamente quando...

FRUM!

Com o susto, o menino virou-se com a espada firmemente empunhada em sua mão direita e viu que, de um buraco no teto do estabelecimento, entraram dois dragões muito familiares a ele, montados por Rebeca e Ronald.

Kutzo abriu um sincero sorriso ao ver a amiga em cima do pequeno lagarto alado que ele mesmo cuidara e que era tão inofensivo quanto qualquer animal doméstico, o dragão guerreiro Wicky. Já Ronald montava Benn, o dragão de Will.

Ambas as criaturas eram pequenas, de um tom cinza bem claro e uma cara fina que se alongava ainda mais a partir das narinas. Tinham belos chifres brancos e olhos pequenos cor de esmeralda com pupilas negras.

— Como? — perguntou Wil com animação ao fazer carinho no seu dragão.

— Meu tio chegou lá para apagar o fogo, mas quando vimos que vocês estavam demorando muito... Tcharam! Pegamos Wicky e Benn! — disse Ronald com o cabelo grudado de suor no rosto redondo — Vimos um pouco do embate... Vocês foram irresponsáveis, mas ÉPICOS!

— Só levaram uma baita bronca, né? Mas já estão acostumados... — Rebeca soltou uma risada aguda que contagiou o clima e fez todos rirem.

Capítulo 11

Chamado oficial

Kutzo viu um vulto aparecer no chão sujo e grudento do local, uma sombra maior do que qualquer um que estava ali. Ele ergueu a cabeça e viu Rebeca olhar fixamente para a porta do estabelecimento em que estavam com um sorriso contido. Aflito, o menino virou-se e puxou o ar com a boca, pois o Professor Russel estava ali parado com um dos braços escorrendo sangue. Ele segurava uma espada e tinha um sorriso no canto do rosto.

— Professor! Que bom vê-lo — disse Ronald, forçando um pouco no carisma.

— Olá, Sr. McGowan... Vi o que aprontaram e até recebi algumas denúncias... — dizia ele em tom pacífico, virando-se para a rua e chamando com a mão um dos sete lutadores; o que tinha longos cabelos ruivos, uma barba de gogó, olhos cheios de olheiras e que havia se aproveitado de um ricochete do fogo do dragão para se aproximar — São esses?

— São esses, sim! Os moleques que atrapalharam nossa missão, Conselheiro Russel!

"Espera um pouco! Ele é conselheiro? Isso é praticamente ser braço direito do Mestre de Kros! A gente tá muito ferrado", pensou Kutzo começando a suar frio. Ele então observou o Professor Russel coçar a barba olhando para eles, depois para o lutador e novamente para eles.

— Glemoak, Mellur, Donalds e McGowan... — começou ele.

— Mas o que Rebeca e eu fizemos? — Ronald o interrompeu e Kutzo sentiu levemente vontade de fazê-lo calar a boca, mas só ouviu:

— Sem interrupções! — censurou Russel — Me mostrem os seus documentos autorizados pela União Lutadora Mundial (ULM).

Sem querer estressar o professor com a demora, Kutzo enfiou a mão no bolso e com os dedos alcançou sua carteira. Ele a abriu e ficou procurando o tal documento que sabia que estava ali em algum lugar. Olhou de canto para o homem e viu que ele ainda parecia calmo. Então, ao encontrar um cartão com um pequeno símbolo torto, em formato de Y dentro de um círculo, um documento da organização que visa à paz entre os lutadores do mundo, virou-o em suas mãos e leu:

Documento da ULM
Kutzo Glemoak Jutitua, 12 anos
22.02.2003
Lutador em fase estudantil desde 2009
Arma: Espada de pequeno porte
Tipo sanguíneo: A+

— Aqui está, professor! — Kutzo mostrou o documento ao lutador que o olhou com cuidado.

Os outros três mostraram os respectivos certificados que também foram estudados com a mesma cautela pelo olhar de Russel.

— Olha que curioso, Smith! — disse ele dando uma risada para o lutador que mantinha um olhar esnobe em direção ao quarteto — Parece que todos aqui são, assim como você, lutadores!

— Em treinamento! — corrigiu Smith.

— Desde o ano passado têm sido treinados realmente para encarar o estilo duro da vida dos lutadores mágicos; certo, Glemoak?

— Isso mesmo! — Kutzo sorriu, imaginando que não iriam levar bronca alguma.

— Logo estão aptos, segundo as diretrizes do Mestre Henriche, para tratar de assuntos referentes a ataques. Ainda mais se este for feito em um perímetro próximo de suas casas! — Kutzo viu Smith ficar pálido como um fantasma antes do professor continuar — E devo dizer que o comportamento de sua equipe foi deveras impaciente ao tentar salvar esses dois garotos, e se eu não tivesse empurrado vocês, o dragão teria feito strike.

— Desculpe, Sr. Conselheiro!

— A mim? Não, não... Quero que se desculpe com esses quatro meninos.

Smith olhou para o quarteto e Kutzo notou que ele estava desesperado e temendo algo pior. O garoto notou que o lutador dizia algo em voz baixa, mas não conseguiu entender nada. Russel levantou uma sobrancelha e olhou Smith com censura.

— Não precisa dizer nada! Nós aceitamos as desculpas, Sr. Smith — Kutzo disse sorrindo.

— Exatamente! — Will e Rebeca concordaram. Ronald, que parecia aflito demais para não conseguir falar, apenas balançava a cabeça afirmativamente.

— Ótimo! Agora você pode sair, Smith! — o lutador ficou parado um momento até digerir a informação e fez o que lhe foi ordenado.

Aproximando-se de Kutzo e Will, Russel deu-lhes tapinhas nos ombros e disse:

— É uma pena que tenham um ego tão grande a ponto de não aceitar ajuda da nova geração! Isso empobrece a qualidade dos lutadores em todo o reino...

— A verdade é que Will e Kutzo só queriam checar se seus dragões estavam bem — informou Rebeca saindo de cima de Wicky, que esticou seu fino pescoço pedindo carinho.

— Isso torna a falta de consideração deles pior ainda, Srta. Donalds! Mas espera... Como esses dragões vieram com vocês sendo que não são de vocês dois?

Rebeca corou.

— Eu treino para domar animais há um tempo, senhor! Não foi nada demais... Só usei a minha voz que é agradável a certas criaturas. E, claro, isso inclui os humanos — disse ela dando uma risadinha.

Dando-se conta de que não poderia perder a oportunidade de estar na frente do professor, novamente, Kutzo rapidamente mudou de assunto e perguntou:

— Senhor, esse ataque de hoje tem a ver com as criaturas que vêm aparecendo? — ao dizer as últimas palavras, ele percebeu um brilho de triunfo nos olhos de Russel e sorriu consigo mesmo.

— Notei que estavam interessados quando Mary perguntou se poderia divulgar certas informações com o filho... Bem, Sr. Glemoak, eu não posso afirmar com certeza. Mas como vejo em vocês algo especial, algo que não vejo em muitos dos meus alunos, sinto que posso confiar em vocês... Nós estamos investigando pesado, mas não conseguimos encontrar nada suficiente.

— Tem alguém controlando essas criaturas, professor! — Rebeca o interrompeu.

— É uma das nossas hipóteses, mas estamos há dois meses investigando e não sabemos ainda o porquê de o nível de periculosidade das criaturas ser tão alto. Nenhum lutador tem tanta magia. São necessários anos e anos para aprender a influenciar algo tão elementar como um cachorro a atacar alguém.

— No momento de sua agonia, o dragão nos alertou que *o que* mais tememos está voltando — disse Will pensativo.

Diante daquelas palavras, por algum motivo, Russel hesitou e apenas suspirou.

— Professor, li em meio aos meus estudos que os dragões têm um estoque mágico gigantesco, então um lutador habilidoso poderia usá-lo como uma reserva de poder enquanto domina outros animais? — ao ver que todos a olhavam boquiabertos com o que dizia, Rebeca corou levemente e brincou com o cabelo para disfarçar.

— Esplêndido, Srt.ª Donalds! Você acaba de ganhar meu respeito! Vi poucos lutadores zoólogos com tanta astúcia! Ainda não pensamos nessa hipótese, já que o dragão é a praga mais forte até então e literalmente acabou de aparecer

— Lutadores o quê? — indagou Kutzo, que não entendeu o que o professor dissera.

— Lutadores especializados em criaturas e animais mágicos. Vão saber mais sobre isso ao fazer o Teste de Fogo daqui a quatro anos mas...

voltando ao assunto, o dragão negro, este mesmo que acabara de queimar grande parte do bairro vizinho, Locomocity, é um receptáculo mágico, provavelmente. Usado para... — e com a voz trêmula, continuou — que o *ser*, por trás disso tudo, tenha estoque mágico suficiente para...

— Abalar a sociedade — completou Ronald — Não há outro motivo para atacar civis, destruir prédios e acabar com plantações!

Kutzo olhou para o Professor Russel e começou a juntar os pontos. Agora ele tinha uma enorme vontade de se mostrar um guerreiro lutador de verdade.

Quando tomou coragem de perguntar se poderia fazer algo a respeito, sua mãe apareceu de repente pelo buraco da porta. Ela mantinha um olhar sério e apenas assentiu com a cabeça para o filho, enquanto seus brilhantes olhos azuis buscaram os do Conselheiro Russel, ao qual se dirigiu ao dizer:

— Cuidando do meu filho, Hank? Quanta generosidade! — a mulher soltou uma gargalhada, fazendo com que o homem logo a acompanhasse. Os meninos apenas observavam o diálogo — O dragão se foi, mas não conseguimos fazer nada para ajudar na investigação...

— Não vai falar das diretrizes? — debochou Rebeca sussurrando para Ronald.

— E o Mestre disse que há mais vindo por aí! — concluiu Mary.

— Podemos ajudar, mãe? — perguntou Kutzo esperançoso.

— Ah, meu filho! Não sei se seria seguro...

— O Professor nos disse que vocês devem acreditar mais em nós, crianças. — Ao dizer isso, ele percebeu a mãe lançando a Russel um olhar mortal antes de voltar a atenção a ele.

— Acredito que o Mestre irá fazer um chamado oficial, pois o dragão está na montanha de Austrópolis, e os segredos daquela floresta são guardados a milênios. Mas lutadores do nível de vocês, sinto muito, não poderão fazer muito mais do que enfrentar poucas coisas e abrir caminho para os mais experientes.

— Ah... — lamentou Kutzo, que por um instante alimentou esperanças de viver uma aventura épica — Mas os experientes...

— Kutzo! É o que o Mestre pede lá da... Capital, sim, da Capital!

— Tá bom! — o menino olhou para seus amigos e todos partilharam do seu lamento.

— Não fiquem assim! Pelo menos terão parte em uma missão... Vamos iniciá-la amanhã, já que é de periculosidade máxima! — concluiu a mulher, virando-se de costas de um jeito que seus cabelos vermelhos balançaram. Ela olhou o quarteto por cima do ombro e disse:

— Melhor irmos, filho! Temos que ver a situação em casa...

— Senhora Glemoak, deixa o Kutzo ficar conosco... — pediu Rebeca com uma voz estranhamente aguda.

— É melhor até para nós, adultos, ficarmos longe de um ambiente tão hostil. Hoje não terá escola, na verdade, acredito que não terá por um bom tempo... — ela lançou um olhar para os três e completou — seus pais devem estar preocupados, melhor irem para casa. Vamos, Kutzo!

Kutzo seguiu a mãe pela rua destruída e tomada pelo caos do dragão negro. Ele esperava que a missão no dia seguinte fosse bem-sucedida, mesmo que ele não conseguisse participar como queria.

Caminhando para casa, o menino só conseguia pensar sobre quais seriam os segredos de que a mãe falava, o que só aumentava a vontade de sair da zona de conforto de um jovem lutador de 12 anos. Ele queria sair em busca de revelações que pudessem ajudar a parar seja lá quem estivesse por trás disso tudo. Aquilo tudo parecia uma aventura digna de um Mestre dos Lutadores e isso o encantava.

— Destruiu minha cidade... Os lutadores podem temer você, mas eu não! — disse ele para si mesmo, antes de entrar mais uma vez pelo portão do sobrado de sua família.

Capítulo 12

A aventura se inicia

Kutzo ficou sozinho em seu quarto até o que parecia ser a hora do almoço. O garoto não conseguia fazer nada além de olhar para o teto, pensando no que havia presenciado. Nunca vivera algo igual, foi um evento ímpar não só na sua vida, mas na de muitas pessoas. Lembrar-se daquelas crianças chorando era terrível e deprimente. Elas perderam suas casas tão cedo... Isso se não ficaram órfãs, já que os lutadores não são tão rápidos para evacuar um prédio de dez andares durante uma queda.

Embora soubesse que seus parentes estivessem sãos e salvos, uma ideia martelava em sua cabeça: "e se?" Ele então pegou o celular e abriu um portal de notícias para se inteirar sobre o que estava além da porta do segundo andar do Sobrado Glemoak.

O site tinha uma manchete chamativa com a foto de prédios pegando fogo, o que levou Kutzo a clicar e ser redirecionado à notícia. A matéria trazia uma lista enorme de nomes, mas ao passar os olhos pelo texto, o garoto leu algo que o espantou:

— Ataque de dragão, na manhã de terça-feira, causou 1.200 mortes e mais de 300 feridos, até o momento.

Preocupado, o menino começou a procurar nomes conhecidos e sentiu um calafrio ao ler um em específico:

Franklin McGowan, 35 anos.

Sem acreditar no que via, o garoto precisou reler quatro vezes aquele nome para digerir a informação e ter certeza de que não havia erro nenhum na interpretação. Feito isso, chegou à conclusão de que o que lia era verdade: o pai de Ronald havia morrido durante o ataque do dragão.

Ele se lembrou imediatamente da conversa que tivera com o amigo no dia anterior: a família dele, ao contrário da de Kutzo, era muito simples e trabalhava no campo. Agora Ronald poderia passar por muitos maus momentos por causa de algum lutador das trevas que decidiu atacar a cidade. Sentindo-se muito mal com a situação, o garoto afundou-se na cama e sentiu as lágrimas escorrerem por seu rosto.

— Temos que achar logo esse dragão e acabar com todas essas criaturas... — ele suspirou para si mesmo.

— É claro que acharão, Kutzo... — disse uma voz rouca e velha.

Kutzo virou a sua cabeça para a porta e viu que seu bisavô estava escorado no batente, observando-o. O homem era alto e seu corpo magro e curvado denunciava que ele já vira passar muitos anos. Tinha um bigode de invejar qualquer um e seu cabelo só estava presente nas laterais de sua cabeça, bagunçados entre fios loiros desbotados.

— Vovô! — por não esperar visitas, Kutzo tomou um susto e logo secou as lágrimas — O senhor não tentou mexer com o dragão, né?

— Oh, Kutzo! Seu velho aqui não é tão frágil quanto parece... — disse o homem com uma risada que mais parecia a de um Papai Noel rouco — Não mexi com ele, mas bem que poderia...

— Nem os lutadores de elite puderam detê-lo!

— Receio que faltou força, faltou disciplina da parte deles. Os lutadores não são como antes!

— Se essa geração atual não está conseguindo, é melhor eu e meus amigos desistirmos de enfrentar a missão...

— Kutzo... — o senhor disse depois de tossir — O problema está em cada um, não é como se todos que nasceram em tal época estivessem destinados ao fracasso. O que vem chegando é algo que ninguém vivo hoje já vivenciou, nem mesmo eu com meus 97 anos. Mas o problema é que não querem preparar lutadores para algo tão sério...

Kutzo admitiu em seus pensamentos que ficou com um pouco de medo do que estava por vir.

— O que vem... É pior ainda?

— Sim, Kutzo! Essas criaturas de poeira, como o dragão ou o Fenrir que seu pai me contou, podem ser animais dominados por alguém... E para dominá-los, sabe o que é preciso?

— Não faço ideia! Poder? — sugeriu o garoto.

— Com certeza, mas acima de tudo é preciso ter um sentimento forte... Os mais velhos, digo, os mais velhos até do que eu, costumavam contar lendas sobre o poder do ódio, que acredito se encaixar no que está acontecendo.

— Ódio?!

— Sim, sim! A lenda diz que, em uma certa vila, um homem foi sentenciado à morte por ter feito muito mal aos cidadãos da localidade. Esse homem era muito raivoso, brigava e arranjava encrenca com todo mundo e tinha uma profunda raiva de tudo o que existia... E isso acabou gerando a sua sentença. Ele, vagando por uma floresta durante o seu último passeio em vida, botou para fora o que há tantos e tantos anos ele suprimiu. Ele berrou, um berro que ensurdeceu o guarda que o acompanhava e fez tudo virar um horizonte vermelho, e o ódio então se espalhou pelas terras. Mas, por algum motivo, todos os seres que estavam em um certo raio absorveram esse sentimento. As criaturas não aguentaram tanta magia externa e morreram de dentro para fora...

— Virando pó... Que terrível! Mas essa lenda é literal?

— Quem sabe? Talvez seja apenas uma história mitológica do reino para mostrar o poder do ódio. Mas não quer dizer que esse sentimento não tenha sua força e influência. A história se encaixa nos gullinbursti de pó, mas é apenas uma hipótese... Claro, dadas as proporções da vida real... — o homem encostou a mão no ombro do bisneto — O ódio pode fazer muitos feitiços ficarem fortes, principalmente, os das trevas, pois ele consome você até sucumbir ao mal! Por isso lutadores são treinados desde cedo a controlarem suas emoções. Um bom guerreiro nunca pode se deixar levar pela comoção.

Kutzo balançou a cabeça positivamente pensando no que o avô falava, e não conseguia imaginar como alguém poderia ter tanto ódio guardado dentro de si.

— Mas, vô...

— Sim?

— Por que me contou isso?

— Sou velho, Kutzo, se eu disser isso a algum oficial da Academia, eles me internam! Só você me escutaria... E não acredito nessa besteira de lutadores esconderem de seus aliados e familiares as teorias sobre os acontecimentos, ainda mais que você vai estar à frente do controle da missão. Os lutadores jovens vão ficar no vilarejo da montanha se certificando de que tudo estará bem.

— Sério? Nossa...

— Nossa o que, meu filho? É uma honra ser guardião em uma missão, ainda mais em uma tão perigosa quanto esta. Não foram escolhidos para isso por serem mais fracos, na verdade porque confiam em vocês... Agora, vamos comer! Estou morrendo de fome!

O homem então saiu andando pelo corredor, enquanto Kutzo ainda refletia sobre tudo o que lhe fora dito. Ele então abriu um sorriso e olhou para a janela pensando que, de fato, ele seria útil e iria lutar pela paz como um lutador deve fazer. O garoto ligou o celular e sem hesitar abriu o aplicativo da academia de lutadores, indo à aba "chamados", e se inscreveu para a "Missão Dragão Negro". Se Kutzo não fosse um lutador como Smith, teria que aprender a ser!

Naquela noite, o sonho que Kutzo tivera se repetiu, porém uma outra figura surgiu quando o menino foi puxado para baixo da terra. Do ar, surgiu um homem vestindo uma veste cinza completamente rasgada e emendada com trapos velhos. O ser usava um capuz, um grosso capuz que escondia a metade direita de seu rosto, mas a parte visível deixava claro que se tratava de um homem, um homem de rosto largo e pupilas cinzas que deram calafrios a Kutzo quando seus olhares se encontraram.

— Kutzo Glemoak, me ajude a acabar com isso tudo! — disse o homem com uma voz metálica e profunda — Vocês são a ponte...

De repente, um feixe de luz amarela cegante, que parecia vir de uma fonte extensa e fina, tal qual uma espada, cortou a imagem daquela silhueta ao meio. O homem urrou de dor quando seu corpo se tornou nada mais do que fumaça, uma fumaça preta e densa que subia de volta à torre como se o corte tivesse destroçado toda a sua estrutura.

— MALDIÇÃO! — berrou outra voz.

Kutzo foi lançado para baixo com força como se fosse uma bola. A velocidade que o atingia era grande, aumentando de forma exponencial, e o momento da queda se aproximava...

O garoto acordou suando frio e teve a sensação de que realmente caiu em sua cama. O sonho parecia ter sido real, duplamente mais realista do que no dia anterior, mas talvez fosse só coisa da sua cabeça.

Algum tempo após o café da manhã, Kutzo chegou na frente da academia e se surpreendeu com o mar de pessoas que se comprimiam na porta. Havia pelo menos 200 pessoas ali. "Todos os lutadores" — imaginou.

Rebeca estava abaixada amarrando os cadarços de sua bota, e tinha um visual diferente de todos que Kutzo já vira. A garota usava uma japona em tom bege sem capuz, com grandes botões que prendiam a roupa desde o pescoço até os joelhos, e um par de grossas luvas.

— Com frio, Rebeca?

— Hã? Ah, Kutzo! — ela se levantou prontamente, arrumando a mecha dourada que cismava em cair sobre sua boca — Não estou com frio, apenas me prevenindo. Dizem que chegaremos próximos aos 2ºC hoje. O clima anda muito louco!

— Me parece fresco agora... Quanto está fazendo agora? Uns dez graus? — disse o garoto.

— Devemos estar preparados, Kutzo! — argumentou ela.

— Eu estou preparado! Acha que não me prepararia para a minha primeira *grande* missão? — a excitação misturada com o medo do desconhecido definia exatamente como Kutzo passara a última manhã.

— Não tão grande quanto eu queria... — resmungou a garota.

— Meu bisavô disse que é tão importante quanto...

— Claro que disse! — Rebeca o interrompeu, aumentando levemente seu tom de voz — Acha que ele diria "Não, meu filho, vocês serão só levados para enfeitar a missão mesmo!"?

— Nós vamos proteger o vilarejo! E se der, podemos descolar algumas coisas para a investigação — disse Kutzo com um ar de orgulho.

— Bem, pode até ser bom... Mas se for como umas premonições que acho que tenho tido...

— O quê?

— Sei lá, faz alguns dias que eu sinto que algo está vindo. Não sei explicar, mas é como se o ar estivesse pesado... — a menina suspirou apoiando seu corpo sobre sua perna — E na noite de segunda tive um sonho estranho...

Kutzo expressou quase no mesmo instante um olhar de dúvida e curiosidade, afinal, também teve um sonho bem mais do que estranho.

— Sonhei... Na casa do Will, que estava em uma estrada de...

— Terra? — completou o garoto.

— Sim... — Rebeca estranhou e se aproximou mais dele.

— E você chegou em um campo aberto com uma grande torre?

— AI, MEU Ienzen!

Como se uma chave abrisse uma porta em sua mente, Kutzo absorveu as informações e puxou o ar com força pelo nariz tentando assimilar tudo.

— Temos sonhos conectados, Rebeca!

— M-mas como é possível? — ela olhou para os lados para se certificar de que ali não havia nenhum bisbilhoteiro — Você também viu o vulto? E o homem encapuzado? — Kutzo assentiu com a cabeça.

Mas antes que eles pudessem iniciar uma longa e divertida conversa repleta de teorias sobre o que tudo aquilo significava, o que o garoto ansiava que acontecesse, uma voz na porta da academia ecoou por todo o local.

Kutzo esticou o pescoço para conseguir ver o que acontecia. Nos degraus de mármore, antes da entrada, havia um número considerável de lutadores. O menino reconheceu todos: Mary, sua mãe, Leonard, seu pai, Phillip, irmão de Leonard e padrinho de Kutzo, Heitor e Ewej, irmãos de sua mãe.

No degrau acima, havia um casal de mãos dadas com traços familiares: os pais de Thomas e Elizabeth Sher. E à frente de todos esses estava o professor Russel, cujo braço parecia estar curado após o ataque. Seu rosto estava completamente fechado, como de costume, e ele mantinha uma postura ereta, liderando aqueles que formam a elite de lutadores.

— Atenção, quero todos olhando para mim! Hoje, iniciaremos a busca pelo dragão e vamos tentar, de uma vez por todas, erradicar as criaturas malignas que assombram a nossa cidade! — dizia Russell em sua voz grossa e estável — Mestre Henriche me deu a ordem de lembrá-los de que isso pode indicar o início de uma era tenebrosa.

Kutzo olhava para o professor com a mente a mil, borbulhando ideias, e com tantas perguntas que pareciam não ter respostas. Naquele instante, ele sentiu uma mão tocar seu ombro. Era Will, que aparecia depois de um dia inteiro sem dar notícias ao amigo. Ele tinha um olhar fixo em Russel e parecia tentar entender onde o quarteto se encaixava no plano que estava sendo apresentado:

— Os recém-formados cuidarão da parte periférica da floresta. Tenham cuidado, não é porque estão ao alcance do sol que estarão seguros! E aos lutadores em treinamento... — Russel teve que parar por um momento para fazer um movimento com a mão pedindo que um dos lutadores parasse de reclamar das "crianças tentando se passar por gente grande" — Continuando... os que estão em treinamento guardarão o vilarejo próximo e serão a ponte entre os lutadores e a cidade. Não se esqueçam de que terão um papel importante, então, tenham noção das suas responsabilidades, jovens!

Kutzo havia ouvido aquela palavra no seu sonho: "ponte". Talvez estivesse tudo se encaixando, como a peça de seu quebra-cabeça favorito... "Mas por que tudo o que penso tem a ver com algo de artífice e 'de montar'?" — queixou-se ele mentalmente.

Quando todos ao redor voltaram a conversar entre si, e a elite voltara a se reunir em um montinho para, o que parecia ser, discutir, Will interrompeu os pensamentos do amigo dizendo:

— Ronald nos encontrará perto da entrada da montanha.

— Ele virá? — indagou Kutzo.

— Claro! Ele me disse que a morte do pai não foi em vão e que irá ajudar...

— Isso não é tão ruim... — concluiu Kutzo agora acompanhando os lutadores que seguiram em direção ao norte da cidade.

— Só que a mãe dele ficará sozinha... — lembrou Rebeca, em um tom melancólico, ao se juntar a eles.

— Muitas mães ficarão sozinhas... Ei, não me olhe assim! — Will falou ao ver que a garota lhe dava um olhar de censura por sua fala.

— Pelo menos iremos fazer algo importante! Lutaremos pela cidade! — Kutzo afirmou com um sorriso de canto — Eu admito que estou com medo, mas... O desconhecido é tão atraente!

Capítulo 13

Vilarejo Majille

Quando chegaram ao fim da estrada de pedras que se estendia desde o bairro LandLour, os lutadores encontraram uma pequena praça repleta de belas flores. As grandes bétulas que enfeitavam as fachadas das pequeninas casas pareciam se espremer para contornar inteiramente a área e espalhavam um aroma doce pelo ar.

De uma dessas moradias saiu Ronald claramente mais triste e andando como se algo fizesse curvar seu pescoço para baixo. Ele se aproximou dos amigos e Kutzo ficou trocando olhares com os outros, pensando em como iniciar uma conversa tendo em vista a perda do garoto.

— Bom dia, Ronald! Como foi sua manhã? — perguntou Rebeca, cortando o silêncio enquanto Russel tentava barganhar com um guarda em um portão de madeira um pouco adiante.

— Boa. Vamos para a missão... — Ronald tinha uma voz vacilante e fria, então Kutzo achou melhor não forçá-lo a falar nada.

— Vamos, vamos sim! O professor deve estar vendo se podem abrir o portão...

— Mas por que tem um portão? O vilarejo não é parte da cidade? — questionou Kutzo, olhando para o guarda que destrancava a entrada com um estalar de dedos.

— É parte da cidade, mas a montanha é um lugar perigoso demais pelo que li... — Will dizia, ajeitando a sua luva sem dedos — pesquisei de ontem para hoje... Mas enfim, pessoas dessa parte da cidade precisam ser autorizadas pela prefeitura.

— Mas então por que as pessoas morariam lá se é tão perigoso?

— A montanha é perigosa sim, mas o vilarejo é protegido! — explicou Will — E nós não vamos pela estrada normal, vamos pegar a trilha por dentro do bosque.

Com um sincero "Ah!", Kutzo demonstrou que tinha entendido, mas, mesmo assim, achava confuso deixar pessoas à beira de uma floresta tão perigosa assim.

O garoto então olhou para Ronald e viu que o amigo estava chutando pedrinhas no chão. Kutzo não sabia o que fazer para consolar o menino, afinal, nunca havia perdido alguém. A sua bisavó morreu quando ele tinha três anos, mas ele nem se lembra de sofrer pela perda. Por fim, ele pôs a mão no ombro de Ronald e disse:

— Então, meu amigo feiticeiro e espadachim, planos para novos feitiços épicos?

— Não... — respondeu ele secamente.

— Ora, nenhum? Tem que pensar, ocupar a cabeça com coisas positivas! — disse Rebeca estendendo os braços, fingindo estar super alegre — Magia!

— Aham... — o menino disse ainda cabisbaixo.

— Estamos aqui por você! — Will falou, tentando pensar em algo.

— Estamos! — Kutzo repetiu.

— Sempre! — completou Rebeca abraçando o garoto, que esboçou um mínimo sorriso e ergueu a cabeça para apoiar-se na amiga. Um grande avanço.

Lá da frente, o professor Russel gritou para que o seguissem, e foi o que todos os lutadores ali fizeram. O portão era a entrada para uma estrada de terra, porém muito diferente daquela que Kutzo viu em seu sonho. Essa era bem menos íngreme e havia pouquíssimas plantas rasteiras, somente pequenos arbustos enfeitados à sua volta com pequenas pedrinhas soltas pelo chão. Ao fundo se estendiam fileiras de grandes árvores e uma autoestrada se expandia perpendicularmente.

Russel marchava à frente de todos os lutadores e quase todos os adultos o imitavam como se tivessem treinado aquilo a vida toda, enquanto outros — principalmente os mais jovens, incluindo o quarteto — apenas caminhavam bosque adentro.

O percurso demorou muito tempo e Kutzo lutava para não sentir nenhum cansaço, por mais que fosse difícil, sobretudo, quando se está subindo uma montanha tão extensa e com, praticamente, nenhuma parada.

De tempos em tempos, ele bebia alguns goles d'água da garrafa que trouxera, mas tentava não exagerar para não ter que ir ao banheiro. Resumindo, Kutzo treinava sua resiliência. Quando as suas pernas pareciam extremamente pesadas, o grupo de lutadores parou e finalmente o menino conseguiu ter um respiro. Tirando o suor acumulado em sua testa, ele ergueu a cabeça e viu que atrás de Russel havia um portal de madeira. Uma entrada sustentada por duas grossas toras com a cabeça de um leão entalhada em seu centro com os seguintes dizeres:

Majille
O vilarejo mais sossegado do atlântico norte.

— Acho que não estão tão sossegados assim... — caçoou Will. Kutzo sentiu vontade de rir, mas Rebeca o censurou antes disso.

Russel então disse:

— Aqueles entre 12 e 16 anos podem entrar no vilarejo. Boa sorte e não se esqueçam da sua importância!

Kutzo viu o outro grupo seguir por um caminho de terra que entrava em uma densa floresta, que circundava o muro do vilarejo, cuja cor transmitia uma sensação tenebrosa. Era preciso muita coragem para passar por entre aquelas árvores.

O menino olhou à sua volta e percebeu que ali estavam os designados para fazer a guarda do vilarejo. Ele achou que algo devia estar errado, pois havia somente uma dúzia de lutadores em treinamento. Dentre eles o quarteto e os irmãos Sher, que olhavam o portal com certa raiva.

— Isso está certo? — perguntou Kutzo para Will que estava mais próximo.

— Muito estranho, mas errado não está! Seis alunos do sexto ano e alguns mais velhos...

— Will, você sabe que a nossa academia tem centenas de estudantes!

— Mas só 12 tiveram a coragem de vir aqui, ou então amarelaram no meio do caminho! — disse o amigo com um ar pensativo.

— O que me surpreende é este não ser o caso de vocês quatro! — disse Thomas, agora olhando os dois com desdém.

— Não venha com implicâncias Sher, estamos em missão! — Kutzo o repreendeu com rispidez, demonstrando que estava sem paciência para as amolações de Thomas.

— Não estou implicando, Glemoak, só quero dar meus parabéns por não serem completos covardes como nossos outros colegas!

— Isso mesmo, parabéns fracotes! — disse Elizabeth rindo com desprezo.

— McGowan, lute! Ao contrário do seu pai... — Thomas disparou.

"Ah! Ele não falou isso!" — pensou Kutzo, agora olhando sério para seu rival que não parecia transmitir nenhuma gota de empatia, mas por algum motivo surpreendente, Elizabeth, com os olhos arregalados em direção ao irmão, berrou:

— Você é imbecil, Tom?!

— O quê? Foi só um conselho para o fazendeiro...

Ronald voou na direção de Thomas, desviando de Rebeca que tentou agarrá-lo pelo braço, e sem mais nem menos deu um soco no rosto de seu adversário, que caiu no chão com as mãos no rosto.

Todos olhavam incrédulos para Ronald, que deu um passo para se aproximar de Thomas novamente, mas Kutzo o segurou com força pelo ombro.

— O que você fez? — perguntou ele ainda contendo o amigo.

— Soquei o Sher! — disse Ronald com a voz controlada, como se estivesse segurando algo na garganta... "Talvez raiva", pensou Kutzo.

— Tá! Isso eu vi, mas...

— Mas o quê? Ele falou do meu pai Kutzo!

— Se acalma, cara! — Will disse aflito, segurando o outro ombro do amigo.

— Desculpa pelo Tom… — Elizabeth começou a dizer, tentando manter ainda o tom de superioridade — Vai acalmar a fera aí no vilarejo!

E aquele seria um dos poucos conselhos vindos de Elizabeth que Kutzo iria seguir. O quarteto, então, entrou pelo portal e avistou o vilarejo: um lugar agradável aos olhos pelas cores leves e pouca informação visual. Ali havia vários chalés e pequenos casebres que emanavam um cheiro de madeira cortada e um aroma doce que fez Kutzo se lembrar do Natal.

Algumas chaminés faziam o horizonte parecer algodão. No centro da rua principal havia um poço feito de pedras onde alguns jovens conversavam com um copo de chocolate quente em mãos. Kutzo teve uma surpresa ao ver que em Majille havia muitos moradores e que todos pareciam não ter preocupações, pois estavam alegres e sorridentes.

Os quatro entraram em uma casa de grandes proporções, cujo letreiro faltava algumas letras, mas pelo que conseguiram decifrar estava escrito "Barril de Gnomo". O estabelecimento era um restaurante repleto de mesinhas, cujo interior emanava um calor desigual ao frio que sentiram na trilha. Os amigos se sentaram na primeira mesa que viram e deixaram as mochilas embaixo de suas próprias cadeiras.

— Will e Ronald… — disse Kutzo depois de ficar alguns minutos vislumbrando a beleza do lugar — Tiveram sonhos esquisitos ultimamente?

— Virou psiquiatra? — perguntou Will entre risadas.

— Sim ou não? — insistiu ele.

— Eu tive um… — Ronald respondeu com a voz de quem não falava nada há muito tempo — Estava em uma estrada e encontrei uma torre…

— Eu também! Espera... — Will olhou rapidamente para Kutzo que assentiu com a cabeça.

— Eu também tive e isso é muito curioso. — Rebeca falou, tirando o cardápio da frente do rosto.

— Não faço ideia do que poderia ser... Existem lutadores que leem mentes? — perguntou Kutzo.

— Existem! — respondeu a menina — Mas ler a mente é uma coisa, já compartilhar sonhos…

— Mas ele tem que ter algum significado! — Will falou sério — Além de que, alguém pode ter manipulado a nossa mente para termos o mesmo sonho, exatamente o mesmo!

— Acham que… — começou Ronald — Isso tenha alguma relação com o que vem acontecendo?

— Sonhos normais funcionam assim. — disse Kutzo começando a criar ainda mais teorias em sua cabeça — Nós começamos a ter esse sonho na véspera do aniversário do Will, certo? — Todos concordaram com a cabeça — No mesmo dia que entramos em contato com duas criaturas dominadas por… Seja lá quem for, né?

— Então você está insinuando que as criaturas, de algum jeito, nos amaldiçoaram? — perguntou Will descansando sua cabeça na mão.

— Quase isso! Meu bisavô disse algo parecido…

— Faz todo o sentido! — elogiou Ronald, começando a ficar ligeiramente mais animado.

— Não sei… Acho que podemos encontrar pistas em um lugar que parece guardar muitos segredos — disse Rebeca com um sorriso animado no canto do rosto.

— Biblioteca de Majille? — sugeriu Ronald.

— Não, a floresta de Majille! — respondeu ela.

— Ótima ideia! — exclamaram Kutzo e Will.

— Mas estamos em missão… — lembrou-os Ronald, fazendo sumir os sorrisos animados dos rostos dos amigos — Não podemos sair dos limites do vilarejo, ainda mais para…

— Para descobrir o porquê dos sonhos estranhos? — disse Kutzo — E talvez descobrir o segredo para deter as pragas?

— Sim, isso desvelaria o motivo da vinda do dragão para cá! — Rebeca falou animada — E mais, os gullinbursti que sua mãe afastou das plantações são animais montanheses, em sua maioria. Já o Fenrir atacou a central de eletricidade de Austrópolis, que fica ao norte, assim como a montanha! Então ele pode ter vindo daqui para lá!

— Genial — elogiou Kutzo, abrindo um sorriso — De fato genial…

Mas Kutzo voltou à realidade quando, às suas costas, uma mulher alta de cabelos loiros os chamou. Ela tinha em mãos um pequeno bloco de notas e entre os dedos uma caneta.

— O que vão querer, crianças? — perguntou a garçonete.

Os quatro pediram o mesmo: chocolates quentes para encarar o frio extremo que fazia. Após beberem, tiveram que sair rapidamente.

KUTZO E O MISTÉRIO DA MONTANHA

— Encarei como expulsão... — disse Will indignado com o fato de que a garçonete ordenou que algumas pessoas se sentassem exatamente onde os quatro estavam.

Ao saírem do Barril de Gnomo, o quarteto se encontrou com um grupo de lutadores em um beco do vilarejo. Albert, escolhido entre eles como o líder da missão, decidiu que seria melhor que todos ali se separassem por duas horas para uma ronda pelo vilarejo. Kutzo não gostou muito de ter que ficar longe do resto do quarteto, mas não teve outra escolha senão seguir as regras recém-inventadas.

O garoto teve que sacar a sua espada e andar de alta guarda, enquanto seu olhar percorria tudo e todos que estivessem em seu caminho. Durante o longo período, ele vira muitas coisas engraçadas, como uma briga entre duas criancinhas por um "boneco de neve" feito com lama; e uma conversa entre dois senhores que falavam muito sobre a vida de um tal Sr. Kelly. O menino até se sentiu mal por, praticamente, ouvir a fofoca inteira, mas não era exatamente sua culpa, já que os senhores andaram às suas costas, por cerca de dez minutos, justamente quando ele precisava estar de ouvidos bem abertos.

Essas coisinhas tiraram um pouco o peso da missão e Kutzo não ficou, durante as duas horas, pensando em dragões ou no sonho. Ao invés disso, ele viu que havia esperança e que a vida seria tranquila na cidade, como é em Majille.

Ao final da ronda, o sol já parecia estar sendo chamado pelo horizonte e o céu azulado começava a escurecer aos poucos, mostrando as cintilantes estrelas. Voltando para o ponto de encontro, Kutzo viu que Thomas Sher havia se curado do roxo que havia se formado em sua bochecha. Ele não merecia o soco, mas não foi nada legal ter falado do Sr. McGowan, até sua irmã discordou.

Passadas as duas horas, todos tiveram que ir até uma pousada perto de onde Kutzo passara em algum ponto do trajeto. Quando estavam chegando no local, pequenas bolinhas fofas de neve começaram a cair do céu, acompanhando o início de uma noite congelante.

Na estalagem, um lutador que estava à espera do grupo autorizou que o quarteto ficasse junto em um alojamento. Kutzo, percebendo a animação de Rebeca, ao saber que não precisaria dividir o quarto com Elizabeth ou com outra menina que não fosse sua amiga, deixou escapar uma risada e seguiu com os amigos até o quarto em que ficariam.

99

Capítulo 14

Além dos muros

    Aquela noite não foi nada diferente para Kutzo e, pelo que entendeu, não seria para seus amigos também. Ele se viu novamente à frente daquela grande torre tão misteriosa, que depois da descoberta recente, parecia muito mais viva, real, física, como se o local estivesse realmente diante dele. Durante o sonho, ele sentiu uma brisa arrastar seus cabelos para o lado e balançar alguns arbustos no campo, então decidiu contornar a torre para encontrar alguma porta que não fosse a da frente, mas por algum motivo, seus pés ficaram colados no chão. O sonho nunca fora tão real.

    — Ah! Vamos lá... Isso é um sonho lúcido, não é? — a voz dele ecoou como se estivesse em um cômodo vazio, pois era possível ouvir a própria frase se repetir por todo o campo, perdendo a intensidade aos poucos.

    Ao olhar para cima na tentativa de achar algum motivo para não conseguir passar, encontrou novamente o vulto na janela. Um arrepio percorreu sua espinha quando notou a luz de uma vela iluminar parte do seu rosto, mas na posição que estava, era horrível enxergar o homem. Kutzo só conseguiu ver o mais assustador: olhos verdes brilhantes fixos nele.

    — Entre. — disse o vulto com uma voz calma e relaxante — Irei *guiá-los* antes que seja tarde...

    — Você disse no plural? Sonho compartilhado, é óbvio — disse Kutzo.

— Poder, meus jovens... — o menino olhou para baixo e percebeu que uma outra voz vinha dali. O vulto na janela urrou de desespero.

Novamente Kutzo fora puxado e atravessou a terra como se a solidez fosse substituída por um gás nem um pouco denso. Ele então se viu caindo no vácuo escuro e, em seguida, três luzes apareceram acima dele e mais três pessoas caíram, pessoas que ele logo reconheceu.

— Ronald, Rebeca... Will! —

— Quê? — Ronald parecia muito mais confuso do que qualquer outro e olhava de um para o outro.

— Isso nunca aconteceu! — exclamou Rebeca.

— Vocês são vocês? Ou são parte do meu sonho? — Will questionou.

— Depois dessa, eu tenho certeza de que estamos conectados! — concluiu Kutzo, sentindo algumas respostas para certas perguntas entrarem na sua cabeça.

— Que bom que notaram... Agora me escutem... Essa missão é perigosa e eu posso mostrar como ganhar a luta.

Os quatro viraram-se em direção à voz e viram que mais uma pessoa caía no vazio: um homem usando uma grande capa que escondia todo o seu corpo. Mesmo com a queda levantando-lhe bastante a roupa, o capuz cobria-lhe a metade direita do rosto, mas a outra parte revelava um olho cinzento. Kutzo então percebeu um relevo diferente no capuz, parecia que algo estava maior do que a cabeça do homem. Mas, definitivamente, essa não era essa a primeira curiosidade a ser sanada.

— O que é... — arriscou ele a dizer.

— Eu? Ah! Que grosseria a minha! — disse o homem em uma voz grossa e aveludada — Me chame de...

Mas naquele instante, o homem sumiu em uma fumaça branca reluzente que invadiu as narinas de Kutzo, provocando-lhe um espirro. Ele sentiu sua mão roçar em algo, mas não havia coisa alguma para tocar. Então logo notou que o que sentia era, verdade, o cobertor de sua cama, iria acordar a qualquer momento. Ele olhou para o lado e seus amigos já não estavam caindo junto dele. Viu o fim do buraco de onde caíra e ouviu duas vozes discutindo ao fundo.

O buraco transformou-se, inexplicavelmente, em um olho verde, e Kutzo berrou ao ver que estava indo em direção a algo maciço. Antes de atingir o gigantesco olho, o garoto viu um lampejo vermelho cortar o vazio e não estava entendendo nada.

— Aaaah! — Kutzo saltou de sua cama, acabando por cair no chão gelado do quarto na pousada.

— Vocês viram o olho? Me senti em uma obra surrealista — disse Will, também caído no chão, coçando a cabeça.

— Mais do que nunca, precisamos de respostas! — comentou Ronald.

— Ele disse que ia nos guiar, o homem na janela... Mas em direção a quê? — perguntou Kutzo, falando mais consigo mesmo do que com os demais.

— Minha mãe sempre falou para não entrar em lugares que um estranho pediu.... — Will disse.

— Sejamos sincero, Will, sua mãe não te deixa nem entrar no quarto sozinho! — Kutzo zombou.

— É verdade, mas é muito suspeito um homem com um rosto não revelado tentar nos chamar para algum lugar, né? — concluiu Will.

— Dois rostos não revelados! — corrigiu Rebeca — Mas o da torre me pareceu muito mais suspeito... Ele também seguia vocês com os olhos?

Kutzo assentiu com a cabeça e viu, com o canto dos olhos, Will levantar o polegar enquanto Ronald apenas balançou os ombros.

— Talvez a torre esconda alguma coisa! — Kutzo disse, imaginando isso desde a primeira noite.

— Que tipo de coisa? — Rebeca perguntou indo até a sua mochila, que estava no canto do quarto.

— Algo que não gostariam que víssemos...

— Mas há um furo aí, Kutzo! — Ronald começou a dizer pensativo e com os olhos vidrados no teto — Ele nos convidou para entrar e disse que nos guiaria...

— Entrar primeiro para conversar e então guiar para longe do que queremos — explicou Kutzo, ficando ligeiramente mais animado.

— Eu sei exatamente o que queremos! — Todos se viraram para a garota, que seguiu falando — O segredo para encontrar e acabar com o dragão negro!

— Brilhante! — disse Will, levantando-se — Mas e o outro homem?

— Ele nos puxou para fora da torre, pode ser igualmente do mal — Começou Ronald — Mas, e se na verdade ele só tivesse nos tirando do perigo?

— Do jeito que nos tratam como incapazes, não duvido de nada! E ainda mais que o encapuzado foi tão cordial, parecia mesmo que iria nos dar um conselho importante... — Will concluiu.

— E o homem da torre, cujo olho era verde... — Kutzo começou — parece ter interrompido a conexão... Acho que devemos fazer o que Rebeca disse ontem!

— Kutzo, você sabe o quão arriscado isso é! Podemos até ser expulsos da missão! — Ronald contestou.

— Iremos só à periferia da floresta! — Will disse — Qual é a distância entre um lutador recém-formado e nós, afinal?

— Quatro anos de formação lutadora e mágica! Não quero que mais ninguém... — Ronald disse, mas sua voz falhou.

Ele não concluiu, mas todos ali entenderam. Ele não queria mais mortes.

— Olha Ronald, nós somos os únicos, aparentemente, que vimos isso. Podemos ajudar muito os lutadores! — Kutzo afirmou, querendo de algum jeito convencer o amigo.

— Nós precisamos saber quem é que está vindo! — lembrou-o Rebeca, o que fez Kutzo sentir sua cabeça explodir.

— É ISSO! — Todos olharam para ele sem entender muita coisa — Aquele homem é quem está por trás das pragas, isso explica claramente o porquê de estar guardando a torre. O encapuzado está nos tirando de lá para não corrermos perigo.

— Kutzo, você é um gênio, moleque! — exclamou Will.

TOC TOC

— Kutzo, William, Rebeca e Ronald, a ronda começa agora! Cuidado, fomos avisados de que criaturas estão chegando da floresta, tivemos civis raptados por animais...

— Desgraça pouca é bobagem! Estamos a caminho, Albert! — disse Rebeca que logo se virou para Kutzo — Qual é o plano?

— Plano? — ele perguntou meio confuso.

— Para entrar na floresta!

— Eu não sei, você que teve a ideia... — Kutzo tentava pensar em algo, mas nada vinha à sua mente. Trabalhar sob pressão, de fato, não era com ele.

— Podemos nos encontrar em algum ponto que as nossas rondas se cruzem, aí saímos! — Will sugeriu.

— Fechado! — Rebeca concordou.

Os quatro desceram para tomar um rápido café da manhã antes de partirem em suas rondas matinais. Na cabeça de Kutzo, a tal missão seria muito mais animadora, mas, pelo menos, essa não se resumiria apenas à monotonia de rondas pelo vilarejo.

O quarteto então se separou na porta da pousada e cada um seguiu em uma direção diferente.

"Quem era o homem da torre? Quem ele conhecia com olhos verdes? Havia somente Russel... Não, ele não pode ser o vilão!", Kutzo repreendeu seus pensamentos, mas seguiu teorizando sobre cores de olhos.

Quando ele passou por uma rua silenciosa, onde só se ouvia o canto de poucos pássaros e o som das pás friccionando contra a neve ainda macia que caiu pela noite inteira, uma mulher de pescoço alto e curtos cabelos ruivos entrou em seu campo de visão. Ela estava caída no banco, largada como uma lagartixa, com os olhos inchados e o rímel escorrendo pelo rosto envelhecido. Olhando desesperada para o menino, a estranha figura disse:

— Você é lutador, meu jovem? — sua voz estava grossa e falhava, era uma voz de choro.

— Sou sim, senhora! — respondeu ele, parando de andar, mas mantendo a mão firme no cabo de sua espada.

— Sabe algo sobre quem foi sequestrado nesta madrugada? — soluçou a senhora — Meu marido foi levado por um Majeion...

— Um o quê? — o garoto perguntou confuso.

— Ah... Você já deve ter visto! Um grande leão com a juba um pouco arroxeada — explicou ela. Kutzo lembrou-se de que Albert falara sobre criaturas sequestrando moradores, mas isso era tão estranho que ele até se esqueceu — Muito aterrorizante e perigoso... Seu rugido é capaz de...

Kutzo poderia ficar o dia inteiro ali para ouvir a senhora contar sobre leões mágicos, no entanto, seu foco mudou para o fim da rua, onde estava erguido um extremo do gigante muro de Majille. Apertando os olhos, ele viu, para sua surpresa, que os Sher estavam bisbilhotando alguma coisa no chão. O menino então se virou para a senhora que parecia secar as lágrimas em seu casaco de pele de urso e disse:

— Senhora, comunicarei ao meu superior sobre o seu marido e... — ele se enrolou um pouco para acabar a frase, pois palavras formais e bonitas não eram o forte de Kutzo — Acabei de ver dois lutadores ali perto do muro. Vou avisá-los! Aguarde, senhora!

— Até mais ver, jovem!

Kutzo disparou em corrida para chegar perto dos irmãos Sher e não fazia a menor ideia do que estavam aprontando, mas coisa boa não era com certeza.

— Ei, Thomas e Elizabeth! — os dois viraram a cabeça para olhá-lo, ambos com ar de surpresa.

— *N'est pas vrai*! — exclamou Elizabeth, em francês, aparentando estar muito surpresa e indignada.

— Saúde, Elizabeth! — debochou Kutzo.

— Eu *nom espirrrei*! — disse ela com o sotaque extremamente forte.

— O que estão tramando?

— E desde quando é da sua conta? — Thomas respondeu rispidamente.

— Sher, você sempre tem ideias mirabolantes! — Kutzo falou, tentando olhar o que o rival fazia ao tocar ritmicamente em um dos tijolos.

— Mais geniais que as suas, presumo! — disse ele sem tirar os olhos do tijolo — Minha irmã e eu precisamos sair desse vilarejo idiota!

— Vocês também tiveram o sonho? — Kutzo perguntou curioso, mas se aliviou ao ver as feições confusas deles.

— Sonho? — os irmãos perguntaram em coro.

— Nada não! Mas por que sair?

— Não *irremos ficarr forrtes rrealizando rrondas*! Tom e eu *irremos sairr* em busca de *aventurra, açon*!

Kutzo ia abrir a boca, mas percebeu que seria hipócrita dizer que deveriam ficar, então apenas os ignorou. Eles eram mesmo muito obcecados por atenção e isso era irritante.

De repente, o menino que confrontava os irmãos Sher ouviu vozes chamando por seu nome em algum lugar e logo se virou para trás procurando quem era.

No início da rua vinham três pessoas correndo: eram Will, Rebeca e Ronald, cada um com suas armas levantadas como se falassem para Kutzo esperar. Ronald foi o primeiro a chegar na frente dele, com suas bochechas rosadas quase roxas pela corrida, ele mostrou a Kutzo um grande livro com a capa rasgada e páginas grossas de tão empenadas.

— Na minha ronda... Eu... — ele começou a dizer ofegante.

— Respira, cara! — Kutzo conteve a risada e esperou o amigo dizer algo.

— Eu achei esse livro em uma seção da biblioteca de Majille — Ele finalmente acabou de ofegar — Will teve que barganhar para que a bibliotecária cedesse o exemplar. Ele mostra como sair de Majille sem...

Às suas costas, um som de pedras rangendo chamou a atenção de Kutzo que, ao se virar, viu vários tijolos se arrastarem magicamente, passando um por cima do outro, lentamente, como uma máquina enferrujada. Sincronizadamente, os Sher deram uma piscadela e saíram pelo buraco aberto no muro e seguiram entre as árvores.

— Acho que havia duas cópias do livro... — lamentou Ronald, baixando a cabeça.

— Relaxa, você só se atrasou! — Kutzo o consolou e o amigo abriu um sorriso.

Quando Will e Rebeca chegaram mais perto, o menino disse:

— Vamos logo, antes que nos vejam!

O quarteto então passou pelo buraco do muro e, assim como os irmãos Sher, mergulhou entre as árvores da floresta. Às suas costas, o muro fechou violentamente como um elevador antigo, e o trajeto à frente era um ambiente úmido e nada espaçoso. As árvores se misturavam com arbustos e troncos caídos, deixando Kutzo com saudade da simplicidade visual do vilarejo.

A floresta era, acima de tudo, escura e estranhamente molhada. Então eles começaram a andar, lentamente, entre os grandes troncos caídos e infestados de fungos e musgos. Vez ou outra, uns poucos raios de luz escapavam das copas das árvores e iluminavam o caminho. Outra coisa que chama a atenção de todos eram os sons: durante o percurso, era possível ouvir insetos andando; pássaros cantando e folhas se mexendo com vento gelado ou com o andar do quarteto.

— Arre! — gritou Rebeca pulando para trás.

— O que houve? — Kutzo perguntou se aproximando da amiga que estava escorada em um tronco podre caído.

— Acho que pisei em alguma coisa...

— Torce para essa coisa não te comer viva! — disse Will com o arco armado apontando para o céu.

— Ai, meu Ienzen! — a menina exclamou, apontando para o chão, e puxando sua espada das costas.

Kutzo se aproximou-se para olhar na direção que ela apontava e, para a sua surpresa, não era um mero inseto. Era uma criatura que lembrava uma aranha, no entanto quase do tamanho de uma melancia. Sua cabeça redonda tinha dois chifres finos e afiados, suas patas eram oito braços de vibrião se mexendo e fazendo a terra farfalhar. E os seus olhos vermelhos brilhavam intensamente na direção da garota.

— Uma Aranha-Chifruda! — exclamou Kutzo, virando-se e vendo o horror no rosto de Rebeca.

— MATA! MATA! ANTES QUE CHEGUE PERTO DE MIM! — apontando a espada tremendo na direção da criatura, a menina gritou com os olhos cheios de lágrimas.

— Não podemos! — disse Ronald alertando os amigos.

— POR QUÊ? AAAH! ELA OLHOU PARA MIM! — Rebeca continuava a gritar.

— Os pais dela vão nos comer... Essa é uma aranha filhote! — Kutzo olhou assustado para Ronald e depois olhou para o tamanho anormal da Aranha-Chifruda.

— ISSO VAI CRESCER? Ronald, veja os olhos dela... São do mal...

— Não sou eu quem estuda dia e noite sobre criaturas! — disse ele apontando para a amiga.

— Acho melhor eu mudar de profissão! Acho que eu daria uma boa Astromante, sabe? — comentou ela.

Kutzo riu. Nunca soubera do pavor de aranhas e insetos que a amiga tinha.

— Olha, não devemos atacar sem que tenhamos certeza... Você não pode usar sua habilidade com criaturas? — Kutzo perguntou à Rebeca e ficou parado olhando a aranha, assim como os outros.

— Eu já falei com cachorros, gatos... Acalmei algumas calopsitas, mas... nunca tentei nada com uma Aranha-Chifruda! Além do mais, isso é o demônio na terra! — reclamou a garota, parecendo negociar consigo mesma — Correr de medo ou ser a mesma Zoóloga de sempre: inteligente e segura de si?

Naquele instante, todos encararam a feia aranha e seus chifres chegaram a balançar quando ela notou os olhares curiosos. Seus oito olhos vermelhos e zangados fitavam o quarteto de volta. Kutzo viu a criatura mexer levemente a cabeça, inclinando-a macabramente.

Muito rapidamente, e sem ninguém esperar, a aranha saltou do chão na direção de Rebeca, fazendo a garota gritar. Kutzo então se pôs na frente da amiga com um braço esticado para afastá-la, pois a aranha estava muito mais alta do que qualquer um ali.

De repente, uma flecha foi disparada às costas dos dois e eles ouviram Will grunhindo com o esforço.

Ferida com a flechada, a criatura seguiu o seu trajeto como se nada pudesse pará-la. Cortando o ar enquanto corria, a Aranha-Chifruda chocou-se contra um tronco de árvore muito distante, mas Kutzo ouviu o impacto e viu a aranha se desfazer em pó. "Meu bisa está certo, aquela lenda tem tudo a ver. Eu espero..." — pensou Kutzo.

— Nossa! Essa foi por pouco! — disse Will balançando a mão como se estivesse segurando aquela flecha há horas.

— Obrigada! — disse Rebeca.

— Não foi nada! — Kutzo virou-se e viu a garota secando as lágrimas. O menino então abriu um pequeno sorriso e a abraçou carinhosamente. Parecia estranho abraçar sua melhor amiga, mas também era bom.

— Acho que tem mais... O Homem da Torre não controlaria uma aranha tão pequena.

— Vamos chamá-lo assim? — Rebeca disse sem sair dos braços de Kutzo.

— Acho que seria melhor... — Will parecia pensativo, tentando imaginar nomes para o vilão — Mestre dos dragões?

— Isso não é tão importante... — Kutzo os interrompeu — Mas Ronald está certo! Por mais que eu não ache que ele os está controlando diretamente. É mais como se ele amaldiçoasse mesmo, faz mais sentido...

— Pouparia magia! — concluiu Will com um sorriso.

Eles logo voltaram a se aventurar pela densa floresta em busca de algo que os levasse ao dragão ou a alguma pista sobre tudo o que acontecera até aquele ponto.

Quanto mais andavam, as árvores ficavam com menos espaços entre si e as crianças, que precisavam se atentar ainda mais por onde pisavam e às vezes levantavam a perna para passar por um ou outro tronco caído. Felizmente não havia nenhuma outra Aranha-Chifruda no caminho.

Mas havia algo mais interessante: Kutzo percebeu cortes em uma árvore, cortes esses que tinham tamanhos e profundidades estranhas. Ele não demorou para reconhecer o que mais estudava, o que o fazia perder o estudo de outras áreas, eram cortes de espadas. "Quem disse que ser um artífice não tem importância?" — perguntou a si mesmo, orgulhoso e dizendo em voz alta:

— Os lutadores passaram por aqui!

— O quê? Como você sabe? — questionou Will logo atrás dele.

— Esses cortes foram feitos recentemente... — Kutzo virou-se na direção dos amigos que não pareciam entender — Aqui, na árvore, tem cortes que, sem dúvida, vieram de uma espada. Criaturas não conseguem fazer incisões como essas. E ainda tem as lascas no chão...

— Detetive Glemoak? Hahaha! — Will disse rindo.

— Bem... — Kutzo ficou um pouco sem graça e coçou a nuca olhando para o chão — Eu sou um pouco apegado à forjaria mágica.

— Se estão marcando as árvores, devem estar perdidos! — concluiu Ronald, agora passando os dedos nos cortes — Temos que avisar ao Albert.

— O quê? — Will pareceu totalmente contra a ideia — Como vamos avisá-lo?

Kutzo ouvia os amigos ainda olhando para o chão, quando notou que algo parecia brilhar entre as lascas da madeira.

— Podemos dizer que vimos a marca em outro lugar! — Will tentava argumentar.

— Mas aí não faria sentido! Poderíamos dizer que vimos alguma pista, não devemos concluir nada precipitadamente! — interveio Rebeca que parecia ter entrado na discussão.

Kutzo ainda tentava examinar de cima o que estava no chão, ali no meio da floresta.

— Nem se contássemos a verdade... Não somos adivinhos, né?! — um dos garotos disse, mas a essa hora, Kutzo já não mais ouvia o que os amigos diziam.

— Ok, então vamos! — Will se virou para Kutzo — Tudo bem aí?

— Ah... — Kutzo ergueu a cabeça — Meu cadarço está desamarrado. Vão indo que eu estou seguindo vocês...

Will deu de ombros e, junto dele, Rebeca e Ronald começaram a andar rumo ao vilarejo novamente. Para não perder os amigos de vista naquela floresta tão grande e no meio da escuridão que as copas das árvores juntas proviam, Kutzo se agachou rapidamente e tirou a terra e os pedaços de tronco de cima do que parecia brilhar.

Era um distintivo. Um pequeno distintivo em formato de gota feito de alumínio, aparentemente. Kutzo parou para pensar e estava, de fato, parecendo um nerd falando e pensando sobre metais e armas. Virando o artefato para ver o outro lado, o garoto percebeu que havia algo escrito em Bogozian, a língua dos reinos.

Foither ov Dragonland
(Lutador de Dragonland)

Kutzo tardou para entender a fonte do que estava escrito, parecia um alfabeto latino, mas com as letras rabiscadas com agressividade, a marca registrada de um reino muito falado em suas aulas de história: Dragonland.

Mas o que um lutador de um reino tão longe faria na floresta de Majille? O garoto tentou imaginar um mapa-múndi em sua cabeça, aproximando-se da Europa para tentar lembrar as distâncias. Todavia, mal se lembrou e parou de forçar quando confundiu a Península Ibérica com a Escandinava. Definitivamente ele precisava procurar um globo no vilarejo depois.

Kutzo pegou o distintivo, levantou-se e se apressou para encontrar seus amigos, seguindo as pegadas deixadas pela bota de Rebeca. Quando tornou a vê-los, Ronald estava batendo no mesmo tijolo que Thomas Sher estava, há alguns minutos, e no mesmo ritmo.

— Um, dois, três... Três, um, dois... *Volo ad ingressum*! Quatro, cinco... *Volo ad ingressum*! — Ronald se afastou do muro fechando o livro de onde pegara a dica. Os tijolos tornaram a se afastar e ranger quando um subia em cima do outro, até formar um grande buraco na parede. A luz que não viram durante todo o tempo em que estiveram na floresta, agora invadia e irritava seus olhos. Era o intenso sol do meio-dia em um dia de inverno.

Capítulo 15

Gota draconiana

Kutzo não viu nenhum dos Sher no caminho até os mais velhos, então deduziu que era possível que estivessem querendo se mostrar explorando a floresta. Ele começou a conversar com Will a respeito das chances de os irmãos escaparem de uma Aranha-Chifruda adulta e concluíram que eram remotas.

Após um tempo andando, encontraram Albert sentado em um banco. Ele afiava sua adaga raspando-a em uma pedra que segurava com a outra mão. Ao ver os garotos, ele pareceu tomar um leve susto e ajeitou seus óculos meia-lua.

— Olá, sextanistas! Terminaram a ronda?

— Sim! — disse Rebeca apresentando-se na frente dos outros três.

— Na verdade não... — disse Kutzo, segurando firme o distintivo na mão e não entendendo a pressa da amiga.

— Então por que... — começava Albert.

— Nós vimos algo, Albert! — disse Rebeca — E parece que os lutadores estão perdidos.

— O quê? O que faz vocês pensarem isso? São mais capacitados do que a gente, que nos perdemos até no vilarejo!

— Eu não me perco no vilarejo! — contestou Will e todos os demais concordaram com o olhar.

— O ponto é... — continuou Kutzo — Achamos pistas que nos fazem acreditar nisso.

— Ok! Mas quais pistas? — Albert indagou, tentando fingir que nunca dissera que se perdia no vilarejo.

— Essa pergunta era a única que Kutzo não conseguia pensar em uma resposta. Ficou com a boca entreaberta com os olhos vagando por todo o horizonte pensando em algo que não deixasse óbvio que saíram de Majille, até que...

— O anel da Rebeca tem ligação com o pai dela que está lá na missão neste momento! — disse Will, do nada, apontando para o acessório de ouro de Rebeca.

— É mesmo? — Albert franziu a testa, olhando o anel.

— Hum... — Rebeca hesitou, mas então pegou o anel na mão — É isso aí! Na minha ronda, ouvi coisas muito suspeitas.

— Mas... — Albert começou a dizer.

— Melhor não perder tempo, Albert! O que ouvi na flo... no anel... O que ouvi era assustador!

— Assustador como? — perguntou ele.

— Melhor nem falar, só fale para o Russel! — disse ela por fim, virando-se para Will e sorrindo.

— Está bem! — Albert saiu apressado, indo direto para a pousada ligar para os lutadores.

— Você é ótimo em mentir! — disse Rebeca minutos mais tarde, já no quarto da pousada — Nunca pensaria em um anel telepático... Digo, esse anel é literalmente só um anel! Roubei da minha mãe para compor o visual.

— Quando se vive com Edelina Mellur, minha mãe, não se tem outra opção... — Will disse rindo.

— Gente! — Kutzo interrompeu o amigo com um ar de quem tinha coisas importantes para falar — Preciso mostrar algo a vocês! Eu achei isso embaixo da árvore com os cortes. Ele abriu a mão e mostrou o objeto em forma de gota que refletia a luz amarela do quarto.

— Isso é... Uma lágrima? — Ronald ficou de quatro em sua cama esticando seu pequeno pescoço para ver.

— Parece uma gota... — disseram Rebeca e Kutzo ao mesmo tempo.

— Tanto faz, mas eu vi isso na academia um dia. É tipo o documento de um lutador de... — ele parecia ter esquecido o nome do reino milenar.

— Dragonland. — disse Kutzo.

— Esse nome me dá calafrios... Me forço a esquecer que existe! É um lugar terrível... — Ronald disse, explicando a demora anterior.

— Não tem como esquecer... — comentou Will — Eles são importantes para a história, mesmo que hoje...

— Nunca ouço nada sobre lá... — disse Rebeca, e Kutzo pensou exatamente a mesma coisa: ouvira poucas coisas sobre o reino na atualidade.

— O Rei fechou o reino para todos há 27 anos! Até para nós, que estamos relativamente perto, é difícil saber... — informou Ronald.

— Vinte e sete anos? Isso não é tipo... — Kutzo começou a fazer contas mentalmente, o que não foi difícil.

— Mil novecentos e oitenta e oito! — Will deu um sorriso e ajeitou o cabelo, ainda largado na cama — O último ano em que houve um ataque de dragões na cidade.

— Muito conveniente... Acho que sabemos quem é o tal Mestre dos Dragões.

— Vá com calma, Kutzo! — interveio Rebeca — Temos que ter provas...

— Rebeca, é um lutador de Dragonland, sem dúvidas! — Will afirmou, levantando-se e escorando-se na parede — Só não sabemos se é um lutador das trevas de lá ou é algo organizado pelo próprio reino. Faz todo o sentido!

— Mas por que o reino conspiraria contra Kros? Por que matar, destruir e sequestrar Kros? — Kutzo questionou o amigo.

— Como Ronald disse, é um reino terrível... Não sabemos muito de como está hoje em dia, mas mesmo assim... — ele começou a dizer.

— Eu nunca achei um livro de história falando muito sobre isso, nem mesmo antes de 88... — Ronald disse pensativo — Mas sei que é um povo diferente de nós. Eles não só mantêm práticas, estética e visuais medievais, assim como a mente atrasada da época. Alienados por um...

— Rei? — tentou adivinhar Will, mas Ronald fez que não com a cabeça.

— Um dragão! Junzen, o dragão mais poderoso do mundo, tinha uma inteligência dracônica que fazia sentido com a sua espécie, já que são feras, mas os reis de Dragonland acreditam que todos ali são extensões da vontade de Junzen.

— Junzen pregava o ódio aos humanos, é lógico... — Kutzo pensou alto.

— O quê? — perguntou Rebeca abismada, pensando nas atrocidades que poderiam acontecer no reino vizinho.

— O meu avô disse que aquilo que está controlando os animais não é magia normal... É vinda do ódio! Então é provável que seja um ataque a nós... Mas por qual motivo?

— Kutzo — começou Will — Eles querem enfraquecer e dominar a área do terceiro reino de Borodra Gênesis. É isso o que eles querem: poder!

— Mas não faz sentido ser agora, embora em 88 eles já tivessem tido milhares de anos para dominar Kros...

— Faz sentido sim! Ninguém vai suspeitar de um reino sumido há quase três décadas! E não se esqueça de que a rivalidade dos dois reinos gêmeos, Bogoz e Dragonland, tiveram muitos altos e baixos. E nós, querendo ou não, estamos no meio do caminho!

— Prestou atenção nessa aula? — debochou Ronald, dando uma risada em seguida.

— Presto mais do que você pensa, Ronald! — rebateu ele.

Naquele instante, um silêncio invadiu o quarto, pois todos estavam se olhando extremamente quietos. Kutzo estava mergulhando em seus pensamentos, refletindo se poderia mesmo ter sido um lutador de Dragonland a causar tudo isso, por querer dominar o terceiro reino.

A briga entre os reinos gêmeos era muito maior do que eles, mas martelava na sua cabeça a ideia de que só eles quatro tinham visto o sonho e o distintivo. Os terríveis draconianos estavam a quilômetros de distância, talvez imaginando como transformar a sociedade de Kros na mesma sociedade de lá... Mas como seria a sociedade de lá exatamente? Com ideias tão ultrapassadas? Vinte e sete anos sem uma notícia... Quem sabe uma ditadura tenha sido instaurada e fechado o reino... — pensou Kutzo, cujas reflexões foram interrompidas por um barulho:

ROAAAAR!

Nem mesmo o rugido conseguiu quebrar os pensamentos, todos seguiam se olhando, mas agora com espanto nos olhos. Kutzo pulou da cama e rastejou até a janela, cujas cortinas de seda roxa dançavam com um vento repentino. Ele levantou a mão para abri-la e se esforçou para conseguir ver o que havia acontecido lá embaixo.

Os pelos de seu braço arrepiaram-se abruptamente, no momento em que o menino viu meia dúzia de pessoas gritarem enquanto corriam de algo. Quando a última das pessoas cruzou a esquina, Kutzo viu um grande leão de proporções musculosas seguindo-a.

A pelagem do animal era praticamente dourada e brilhava com o sol que seguia raiando desde muito cedo. A sua juba balançava tal qual as cortinas, pretas e reluzentes. Sua cara era feroz e assustadora, enquanto seus olhos eram vermelhos e grandes demais para um leão normal.

— Majeion... — sussurrou Kutzo.

— O quê?! — Rebeca berrou — Tem certeza? Esse animal é tipo muito raro e poderoso!

— Acho que não tem como confundir... — disse Will, pegando seu arco sem nem pensar direito — Ai! — ele exclamou após Rebeca lhe dar um pontapé.

— Fala direito comigo! — ameaçou ela, que logo virou seu olhar para Kutzo — Acha que devemos?

— Claro! — disse ele, puxando com um aceno a sua espada e virando-se para a janela.

— QUAL É A GRAÇA DE SE JOGAR DE JANELAS? — perguntou Ronald impaciente quando viu Kutzo lançando-se para a frente e saindo do cômodo em que estavam.

Talvez não fosse a mais inteligente das ideias, mas, mesmo assim, Kutzo se atirou pela janela e caiu no telhadinho do andar anterior da pousada. Seus pés tremeram um pouco diante do impacto, mas o garoto logo se equilibrou e correu com o olhar fixo no Majeion.

Às suas costas, ouviu dois pés baterem contra as telhas e logo viu uma corda ser atirada e fincada em um telhado um pouco abaixo, muito parecido com o da pousada. O cabo era, na verdade, uma flecha acoplada a uma corda. O menino então se virou e viu Will pular da claraboia após cravar a outra ponta do fio na parede. Ele saltou por cima da corda e usou seu arco para deslizar até o outro lado.

Kutzo não sabia o que fazer. Revistou os seus bolsos várias vezes e não achou nada que pudesse ser usado para deslizar. Ele tentou lembrar algum feitiço que o ajudasse, então disse:

— *Tarmentum*!

Ao som daquela palavra, uma grossa corda conjurou-se e o menino a amarrou em sua mão direita com um nó bem preso. Ele então passou o cabo por cima do fio de Will e agarrou a outra ponta, correndo até o fim do telhado e tirando os pés da telha, deslizando.

Quando teve tempo de olhar para frente, Kutzo já estava entre os dois telhados com os pés suspensos balançando, enquanto Will lhe estendia a mão precipitadamente. À medida que deslizava em alta velocidade, o fio tremia e o amigo parecia cada vez mais perto, mas, de repente, a corda começava a tremer mais e mais, e a mão de Kutzo suava.

— Segure a minha mão! — gritou Will ainda mais perto.

Mas antes que pudesse se dar conta, o fio se rompeu e Kutzo caiu. Suas costas bateram em algo, no entanto, não era chão. Ele sentiu duas grandes asas abraçá-lo e manteve-se parado. Então olhou em volta e percebeu o que havia acontecido: a criatura alada que amortecera a sua queda era um pequeno dragão, que Kutzo logo reconheceu pelo tom cinza de suas asas.

— Wicky! — o menino abriu um grande sorriso que foi retribuído pelo manso animal. — Mas c-como?! — ele se questionou gaguejando.

— Essa foi por pouco! — disse a voz de Will um pouco acima — Agora… Cuidado com o leão!

Kutzo olhou para frente e viu o Majeion parado diante de dois lutadores do sétimo ano, que soltavam rajadas de suas mãos, as quais apenas batiam na juba da criatura e eram, de algum jeito, consumidas. Esses feitiços o lembraram de que ainda tinha uma corda amarrada à mão, então sussurrou:

— *Loosen corda!* — a amarra se desprendeu, afrouxando-se até cair no chão. Kutzo então passou os braços pelo pescoço do dragão — Voe Wicky, voe!

O animal bateu as asas, graciosamente, ao mesmo tempo que abanava a cauda, atirando-se para a frente, fazendo Kutzo ser levemente jogado para trás. Will assoviou e, da mesma direção que, supostamente, Wicky veio, o dragão Benn mergulhou na frente do dono deixando-o se alojar em suas costas.

Lá embaixo, Rebeca e Ronald saíram do hotel e se juntaram a Albert. A garota conjurou no ar um lampejo de cor verde e o lançou na direção do Majeion, que por sua vez bateu a pata contra o chão de pedra, fazendo uma barreira azul emergir, segurando o feitiço da menina, e o atirando de volta ainda mais veloz.

— Ele é capaz de fazer feitiços? — surpreendeu-se Kutzo vendo a barreira mágica feita pela criatura.

Albert se jogou na frente de Rebeca, erguendo seu longo escudo em formato de losango e fazendo o lampejo verde se dissipar. Lá em cima, Kutzo deu tapinhas no pescoço de Wicky e o dragão começou a se mexer tentando encontrar uma certa postura. Ele então ergueu a cabeça e se endireitou, puxando o ar com as narinas. O menino sentiu o animal ficar quente e, com um urro, viu o dragão cuspir uma explosão flamejante que iluminou todo o campo de visão de Kutzo.

O Majeion rosnava, mas não parecia demonstrar medo. Wicky, de repente, começou a fazer força, inclinando o corpo para baixo, o que não seria um problema, caso Kutzo não tivesse ali. O garoto começou a deslizar pela pele de textura estranha do seu animal de estimação e segurou com força em sua cauda, ficando mais perto do chão à medida que o dragão ficava de pé. O menino então conseguiu soltar o rabo do animal e fixar os pés no chão. Naquele instante, Wicky ergueu a cauda e a balançou ainda com o fogo explodindo de sua boca.

Sacando a espada de suas costas, Kutzo começou a correr em direção às vozes de Rebeca e Ronald, que murmuravam feitiços. Ao chegar, viu o que menos gostaria de ver: o leão usava sua juba para formar um escudo que repelia o fogo.

— O Majeion é uma das criaturas mais resistentes que existem! — explicou Rebeca — Wicky e Benn são da raça Amicus. Eles sentem o perigo de seus donos, mas... Uau, eles vieram rápido!

Ao olhar para cima, Kutzo observou que Will e Benn sobrevoavam a área. Wicky, no entanto, pareceu cansar-se e fez as chamas cessarem com uma última rajada em direção ao Majeion, mas a juba do animal novamente as repeliu.

— Ataquemos de longe! Denis e Viollet! — Albert apontou para os dois lutadores do sétimo ano que o olharam assustados com o seu tom — Vocês dois tentem fazer barreiras nos chalés!

Kutzo olhou para Ronald que parecia estar planejando um de seus feitiços super elaborados, e viu o amigo apontar a sua katana para o Majeion. Um raio escarlate saiu da mão do menino e passou por sua arma, indo em direção à criatura que enfrentavam.

— Droga! — resmungou ele.

— O que foi? Você o acertou, Ronald! — disse Kutzo sem ousar tirar os olhos do monstro.

— Queria acertar o poste para que caísse no Majeion, mas o leão acabou atraindo o raio! — disse o menino meio desconcertado.

O animal rugiu e de sua boca saiu um estrondo, gerando uma grande ventania que balançou as vestes de todos. Kutzo ouviu as janelas mais próximas estourarem com o som que, sem dúvidas, seria audível em toda a Majille.

Rebeca parecia a única que não sentia tanto o impacto. Correndo na direção do animal, mesmo com a ventania desarrumando seus cabelos, ela ergueu um dos braços para convocar sua espada, e a arma voou do hotel até sua mão. Segurando-a firmemente, a menina manteve a calma diante da criatura.

— Eu consigo fazer isso! — afirmava ela parecendo determinada, mesmo com Albert dizendo para que parasse. Ela seguiu na direção do leão — Se acalme, gatinho… — a garota falava com uma voz baixa e meiga.

Com as armas voltadas para a criatura, cujo rugido feroz havia cessado para fitar a garota, Kutzo e Ronald se aproximaram, dando dois passos em direção à amiga.

Naquele momento, um único segundo de tranquilidade era sentido por todos e nenhum som era audível, com exceção da respiração ofegante dos jovens lutadores e das barreiras de alguns chalés subindo a partir de uma luz cinza prateada.

Mas, quando menos esperavam, uma fortíssima luminosidade branca invadiu os olhos dos que ali estavam. Repentinamente, Kutzo se deu conta de que não conseguia sentir absolutamente nada tocando-o e, de repente, começou a voar no vazio.

Aquela sensação estranha dava-lhe a impressão de estar caindo durante um sonho, com a diferença de estar sendo jogado para frente em alta velocidade. No instante seguinte, quando a luz parecia se dissipar, ele ouviu galhos quebrando e sentiu o impacto da queda.

Capítulo 16

A achada

Kutzo caiu em um amontoado de folhas, e o aroma confortável do vilarejo foi substituído por um cheiro de terra molhada e neve. Ele olhou em volta e se viu cercado por grandes árvores, cujas copas barravam os raios do sol.

De joelhos em um amontoado de gravetos e folhas no chão, ele se perguntou como era possível estar em uma floresta sendo que, instantes antes, estava em um vilarejo cercado por um enorme muro de pedra? Confuso, o garoto se levantou, segurando firme no punhal de sua espada, e olhou em volta desesperado tentando, sem sucesso, encontrar algum vestígio dos lutadores que estavam em Majille.

— Alô?! — ninguém o respondeu e nem mesmo um farfalhar entre os arbustos pôde ser ouvido.

O menino assoviou várias vezes tentando atrair Wicky, mas seu dragão não apareceu para ajudá-lo. Kutzo estava completamente sozinho em uma densa floresta, o que o fez pensar: "Será que aquela era a floresta de Majille?"

Ele então começou a andar de um lado para o outro, tentando se lembrar de alguma característica importante, típica da floresta de Majille. Mas enfim concluiu que não enxergava nenhuma diferença ou semelhança no que via ao seu redor, o que lhe causou uma sensação estranha de estar no meio do nada.

Enquanto andava sem rumo pela floresta, as cores e a falta de iluminação decente faziam Kutzo se sentir no meio da noite, mesmo que ainda fosse de tarde.

Cleck, cleck, cleck... Era só ele que ouvia durante sua caminhada, e a sensação era de que inúmeras horas se passaram desde que estava voando em Wicky e ele bafejou fogo.

Com tanto tempo ocioso, Kutzo refletia sobre tudo o que tinha feito de errado desde a segunda-feira: pensou se devia mesmo ter bancado o herói no túnel ou contra o Fenrir, ao mesmo tempo que sentia que devia ter feito aquelas coisas, isto é, fazer o bem pelas pessoas. Ele era, de fato, só uma criança de 12 anos, mas algo dentro dele não o deixava ser como as outras 30 crianças de 12 anos que se negaram a participar da missão.

"O que me diferencia de Thomas Sher? Ele também sente isso?" — questionava-se Kutzo. "Mas eu acho que sou diferente... Eu tenho que ser, eu não agiria como Thomas..." — resmungava para si mesmo em um conflito interno sobre o que é, de fato, ser um lutador.

Contudo, apesar de estar falando consigo mesmo, Kutzo não parecia estar sozinho naquela trilha torta e confusa na floresta: havia alguém murmurando entre as árvores. O garoto virou-se repentinamente e olhou o vazio entre a vegetação, ouvindo ao longe uma voz sussurrando algo.

O coração do menino começou a bater mais rápido do que nunca e ele ficou paralisado, pensando no que fazer. Então decidiu não ser mais tomado pela curiosidade e deu um passo adiante em sua trilha sem destino certo.

— AAAAAAH! — berrou a mesma voz, agora se afinando — Não, Senhor...

— NÃO OUSE FALAR MEU NOME! EU SOU... — disse outra pessoa — Mas quando Kutzo pensou que aquela seria a parte em seu nome seria revelado, o garoto só ouviu um chiado alto, como uma interferência de telefone — PARA CRIATURAS INSIGNIFICANTES COMO VOCÊ NÃO HÁ OUTRA OPÇÃO, SENÃO... — E o menino ouviu a primeira berrar de dor.

Arregalando os olhos, o jovem lutador pensou apavorado que, provavelmente, outra pessoa estava sofrendo. Em um segundo, dando

KUTZO E O MISTÉRIO DA MONTANHA

um pulo, ele mudou o rumo de sua trilha e teve a sensação de que olhos vigiavam-lhe enquanto corria saltando entre os troncos e desviando de algumas colmeias estranhas.

Durante o trajeto, ele viu um estranho animal sair da cepa de uma árvore: era uma gigantesca ave cor de abóbora, com uma pequena cabeça que se afinava em um longo bico preto. Seu corpo era esguio, as asas volumosas, e uma longa cauda protegia o que parecia ser um ferrão.

— Isso é um… Ferronstro! — Kutzo reconheceu a criatura das vezes que Rebeca tentava fazê-lo se apaixonar por zoologia mágica. Ele então notou que a ave tinha os olhos vermelhos brilhantes, custando lembrar que um Ferronstro normal teria olhos azuis elétricos.

Ele tentou se afastar do pássaro, empurrando-o com a espada, mas a ave apenas transpassou sua arma, como se não fosse uma criatura corpórea e piando como se risse da baboseira que Kutzo fizera. O garoto gritou "Xô! Xô!" e o Ferronstro voltou para o tronco ainda em risadas. O menino então continuou correndo e percebeu que não era mais possível escutar as vozes. "O que será que aconteceu?" — pensou.

Depois de uma certa distância, Kutzo ouviu pássaros, dessa vez normais, saltando de seus galhos e voando para direções quaisquer. De repente, ele parou abruptamente quando escutou passos pesados ao seu lado. Virando levemente o rosto para olhar novamente a escuridão entre os troncos, dois pontos brilhantes apareceram entre as árvores e Kutzo mirou a sua espada para o par de luzes vermelhas. Do breu à sua frente, os pontos se revelaram como olhos de um Majeion que o observava atentamente.

Kutzo deu um passo para trás. Aquela criatura fora a última coisa que vira antes de chegar, do nada, àquela floresta. "Talvez haja alguma ligação entre os dois" — refletiu.

Mas o garoto sequer teve tempo para acabar de pensar no assunto: o animal avançou sobre ele com as patas frontais erguidas, que pareciam duas almofadas cheias de pelos dourados. Kutzo colocou a espada na frente do ataque. A pata era pesada, e o animal fazia mais força do que ele conseguia segurar e devolver. Semicerrando os olhos e rangendo os dentes, ele tentava jogar a pata para o lado.

Trim

A mão do garoto foi para frente, tal qual o corpo, com toda a força que tinha posto na espada. No entanto, estava mais leve do que antes... Kutzo olhou para a sua mão direita e seu estômago revirou: sua espada estava quebrada ao meio.

Ele olhou por cima do ombro e notou que o leão examinava a outra metade da lâmina. Desesperado, Kutzo lançou um feixe de luz vermelho que acertou a pata dianteira do grande felino, mas este apenas tremeu e lançou ao menino um olhar raivoso. Mas piedoso, o animal sumiu dentre as outras árvores. "Espero que não vá buscar ajuda" — pensou o jovem lutador, aliviado por não ter que enfrentar outro Majeion.

Arrasado, Kutzo olhava sua espada, sua única arma, partida ao meio. Diante daquela situação, ele não tinha ideia do que fazer a seguir, pois estava completamente vulnerável sem sua lâmina. Além disso, quando começou a ter aulas práticas de luta, aos 10 anos, ganhara aquele gládio, então o artefato possuía uma carga sentimental muito maior do que o simples valor material de uma arma.

Sem ânimo, o menino andou até a outra metade da lâmina, apanhou-a e a guardou na bainha como se ainda estivesse conectada ao punhal. Ouviu a lâmina bater no fundo do estojo, enquanto a base seguia quebrada na mão.

— Agora vou ter que ficar somente nos feitiços... — disse em um suspiro, notando as formas estranhas que a espada quebrada formava. O ferro trincado o trazia uma sensação de vazio.

Ele então ergueu a cabeça, esforçando-se para não se deixar abalar e voltou a seguir a trilha repleta de plantas e árvores de cores e formas estranhas, mas agora só caminhava a passos apressados. As vozes voltaram a ser ouvidas, desta vez, vindo de todos os lados e invadindo seus ouvidos como se estivessem a poucos palmos do garoto.

Andando sem parar, ele viu uma Aranha-Chifruda cuidar de seus filhotes e percebeu que aquela era dez vezes maior do que a que tinha visto mais cedo. Kutzo, então, passou direto tentando não manter nenhum tipo de contato visual.

Mais à frente, viu um dragão pousar por entre as árvores e um Ferronstro, dessa vez com olhos azuis elétricos, atacá-lo com seu ferrão. O animal foi reduzido à poeira e Kutzo teve a ligeira impressão de que estava vendo mais animais de pó do que os normais.

— Meu Mestre... Tenha piedade... — a voz já não era mais um eco, no momento em que Kutzo entrara em uma clareira no meio da floresta, e viu uma pessoa ajoelhada, olhando algo.

O garoto se jogou no chão antes que alguém o visse e se escondeu em um arbusto.

— Piedade? Você não honra os nossos magos e lutadores, Sallow! Tem que dar orgulho... — disse uma voz misteriosa, porém familiar aos ouvidos de Kutzo. "Era a de Russel?! Não... Essa era muito menos forte." — pensou. Ele procurou com os olhos por toda a área, mas não viu de onde vinham aquelas palavras.

— Não aguento mais... — disse o homem ajoelhado — Ele estava usando algum uniforme por baixo da roupa preta que lembrava o traje dos lutadores de Kros.

— O seu papel é crucial! Não me faça voltar aí, não amarele! Você é um dos lutadores mais disciplinados que já vi!

E naquele momento, Kutzo teve certeza de que eles tinham ligação com o que vinha acontecendo.

— Me escutou? — perguntou autoritária a voz sem corpo.

Kutzo notou um gullinbursti passar ao lado do homem e, de um momento para outro, os olhos negros do animal, tão escuros quanto um besouro, brilharam em um tom vermelho. A criatura correu de um lado para o outro furiosamente e enchendo-se de ódio.

— Sim... Farei isso, Mestre... Tudo pelo Mestre Dracônico! — o homem falou, levantando as mãos como se também falasse aos céus.

Observando tudo de longe, Kutzo pulou ao ouvir aquele nome e concluiu que suas hipóteses estavam certas: ele estava, sem dúvidas, na floresta de Majille. No entanto, seu levantar brusco assustou o homem, que se virou de repente esticando os braços como se escondesse algo. Kutzo então segurou firme sua espada, esquecendo-se de que ela estava quebrada ao meio.

— Senhor! — o homem, ainda no chão, olhou para cima como se esperasse encontrar alguém maior, então abaixou o olhar para os cabelos louros do menino — Ah, que susto! Pensei por um segundo que fosse Leonard!

— Não é o primeiro que nos confunde! — disse Kutzo sinceramente. Ele olhou para o símbolo no peito do homem e viu um ípsilon caído, o emblema dos lutadores de Kros — Pensei que recebia ordens do Mestre Henriche, senhor…

— C-claro que recebo! — gaguejou o homem — O maior lutador de todos os tempos! Mas o que você faz aqui, menino? Pensei que protegia o vilarejo.

—Era o que eu queria estar fazendo, mas o que *você* está fazendo aqui?

— Bem… Me separei dos lutadores… — o homem misterioso começou a dizer — Vi algo muito emocionante sobre o paradeiro do dragão! — Ele apontou para uma direção qualquer — Ferronstros são criaturas muito…

— Você está tentando me enganar, mas não vai rolar! — interveio Kutzo — Está na cara que é um traidor!

O homem pareceu se zangar.

— Não fale assim! — ele deu um passo para frente e Kutzo viu algo brilhar atrás dele: uma bola dourada com enfeites de brilhantes que logo desapareceu — Respeite os mais velhos, garoto! Mas agora que ouviu mais do que deveria… — o homem disse, sacando sua espada.

Kutzo se jogou para o lado esquerdo quase caindo, ergueu sua mão e conjurou uma esfera de luz amarela, jogando-a contra o suposto traidor, mas ele a cortou com a arma.

— *Eld!* — vociferou ele.

Com a mão que estava livre, o homem lançou diversas chamas na direção de Kutzo, que se movimentaram como uma grande onda flamejante. O garoto tentou andar para o lado, mas as labaredas o seguiram. Então ele sussurrou:

— *Vann*! — e de suas mãos, uma luz azul se transformou em uma grande rajada de água que, ao encostar no fogo, fez com que o vapor explodisse para todos os lados, subindo pelo ar enquanto o homem avançava.

Kutzo olhou ao redor e viu que o ambiente era bem aberto, então lembrou-se de Rebeca falando sobre como realizar feitiços climáticos. Movimentando seus dedos e mirando o vapor, ele conseguiu fazer o que mentalizou: o vapor se condensou em uma pequena nuvem que se estabilizou no ar.

O homem olhou para a névoa, agora densa, com um ar de dúvida, e se virou novamente para Kutzo, erguendo a espada. O garoto rolou no chão e se levantou atrás dele. E, em seguida, empurrou a nuvem para cima do homem com um aceno suave, a adrenalina corria em suas veias como se ele estivesse em uma grande batalha.

A nuvem pousou pouco acima do homem e um frio intenso invadiu a área causando calafrios. O ar cortava as folhas que caíam das árvores, não acostumadas com a brusca queda de temperatura. A magia conjurada por Kutzo, que mais parecia um algodão, agora se solidificou completamente dando lugar a um cubo enorme de neve que caiu sobre a cabeça do homem, fazendo-o tropeçar e tombar para trás com cristais de gelo por todo o seu miúdo corpo. Kutzo vibrou e disse:

— Derrotado por uma criança! O mestre Dracônico ficará orgulhoso de você. Mas lembre-se, o segredo é usar a cabeça! Como… como um artífice calculando!

— Pode derrotar um… Quero ver quando descobrir o nosso…

A frase foi interrompida por um grupo de pés correndo na floresta. "Talvez sejam mais traidores" — pensou Kutzo. Dentre as árvores surgiu um grupo de cinco lutadores, que ficaram abismados olhando de Kutzo para o homem caído no chão. Era de se esperar que tivessem ouvido parte da luta.

— O que você fez?! O Sallow… — disse uma mulher alta de cabelos pretos cortados e rosto sério.

— Não é o que parece, senhorita! — o menino tentou se explicar — Ele é um traidor! Estava falando com o Mestre de Dragonland!

A mulher olhou em volta assustada, depois virou-se para Kutzo e disse:

— Que baboseira! Volte logo para o vilarejo! Ou terei que chamar o Russel!

— Ah… — Kutzo hesitou, pois não queria parecer uma criança "mal-educada" só por ter um pensamento próprio — Pode chamá-lo, desculpa…

Ele observou os lutadores derreterem a neve com o mesmo feitiço *Eld* que o traidor usou contra ele, levando, então, a única prova concreta de sua teoria para além das árvores.

O garoto abaixou o olhar suspirando, enquanto pensava no porquê de não acreditarem nele, nem sequer perguntaram a ele o contexto daquela situação em que um lutador estava desacordado e cheio de neve. "Lamentável!" — pensou ele, voltando a vagar sem rumo pela floresta, através do mesmo caminho pelo qual os lutadores vieram, na esperança de talvez encontrar algum abrigo.

Mal se afastou da área, Kutzo ouviu aquela voz voltar a resmungar, a mesma que ele reconheceu minutos antes. Virou-se para trás e a esfera dourada reapareceu no meio do gramado, repleta de joias que a enfeitavam. No que parecia ser uma abertura, no topo da esfera, havia dois dragões esculpidos no metal.

— Mestre Draconiano! — exclamou Kutzo.

— Parece que nos encontramos novamente, jovem Kutzo... — disse a voz.

— Agora que tenho certeza de que é você por trás de tudo... Vou procurar a sua torre, seja lá aonde for, para destruir a sua arma!

— A torre?! Ah sim... Então tudo bem... Tente me enfrentar sem espada e sem amigos! — provocou o Mestre Draconiano.

— E irei! — Kutzo afirmou, pegando o distintivo no bolso — E não haverá mais nenhum de vocês no meu reino!

— Perspicaz meu jovem, muito perspicaz! — a voz riu — Mas saiba que não foi desse rapaz que este distintivo caiu.

O orbe, de repente, saltou para o lado e Kutzo viu que onde estava o traidor se encontrava outra insígnia que brilhava na mesma intensidade da que estava em sua mão.

— Espiões — ele revelou — Você descobriu meu segredo. Mas que bom que nunca ouviriam em uma criança! Assim como notei e planejei...

— Mas há quatro crianças que sabem onde você se encontra! Por que revelou a torre a mim e aos meus amigos?

— Você saberá. Ah, você saberá!

Kutzo olhou para esfera, na expectativa de que dissesse mais alguma, de que pudesse extrair alguma informação, mas nada ocorreu. O garoto já traçava seu plano perfeito para levar a informação aos lutadores de Kros, porém não poderia ficar mais tempo sem uma arma.

Ele se pôs de joelhos no chão e esperou a ponta da lâmina cair de sua bainha, colocando a outra metade da espada abaixo. Tinha uma vaga ideia de como fazer o que queria e esperava, com todas as suas forças, que desse certo. Entre as metades, o garoto pôs o distintivo que achou naquela manhã e, com uma das mãos a poucos centímetros da espada quebrada, disse:

— *Eld ferro!* — uma chama dourada saiu da palma de sua mão e começaram a dar calor ao metal.

Demorou vários e vários minutos para Kutzo enxergar entre as pontas dançantes do fogo, que o metal ficava mais claro. No entanto, permanecer tanto tempo realizando um feitiço, mesmo parando alguns instantes, era indubitavelmente cansativo. Com a mão quase dormente e a respiração pesada, o menino apagou o grande fogo e empurrou com a mão enrolada na camisa o punhal para que os metais se misturassem ainda mais.

As metades e a insígnia eram praticamente a mesma coisa agora, mesmo com falhas visíveis, como a irregularidade evidente na fissura das partes. A espada estava inteira novamente, porém defeituosa aos olhos de Kutzo. Teria que treinar mais forjaria, pois aquele trabalho não era tão bom assim... Mas não era hora de se julgar, afinal, ele acabara de consertar uma espada inteira.

O garoto fez a arma flutuar até a poça d'água, que há pouco tempo era gelo, e ouviu um *tsss* que durou vários segundos até que o líquido se evaporou completamente. Ele se levantou e andou até lá, segurando com cuidado a bainha que estava mais quente do que qualquer outra coisa que já havia tocado.

— Não pensei que seria tão cansativo! — disse ele para si mesmo, apanhando o segundo distintivo e colocando-o no bolso, observando que este era idêntico ao anterior. Kutzo virou-se para o orbe que agora emanava uma luz vermelha e tentou questionar:

— Mas o quê...

A voz não respondeu. E naquele momento, apenas se ouvia o som de pássaros piando no entorno da floresta. O garoto guardou a espada na bainha e saiu andando calmamente.

Horas pareciam ter se passado durante a nova caminhada, e Kutzo sentia um vazio ainda maior no peito, tanto pela saudade dos amigos quanto pelo fato de que sua barriga roncava de fome: o pacote imperfeitamente completo para um viajante.

Quanto mais o garoto andava, mais ele percebia que não havia sinal algum do muro, dos lutadores, nem do abrigo e muito menos de Thomas e Elizabeth. Kutzo estava completamente sozinho.

De repente, ele teve um grande *déjà vu* ao passar por uma trilha de pedras, que entrava na estrada de asfalto, passando pela montanha. Ele olhou em volta e percebeu que era a mesma estradinha com entorno rural que vira em seu sonho. Caminhando por ali, o garoto viu a floresta se transformar em uma única planície com casas que se assemelhavam a fazendas com grandes jardins repletos de animais.

Kutzo ouviu sinos, mugidos e até galos cantando. Estava próximo da torre, do esconderijo do Mestre Draconiano. Ele seguiu o caminho que traçou nas últimas noites até chegar ao grande campo aberto, cheio de flores coloridas. Logo que entrou pelo portão encardido de madeira, parou para descansar e viu no fundo do terreno a grande torre, agora real e possível de tocar!

— É isso! — Kutzo disparou em corrida na direção da torre, cujas portas finalmente se abriram rangendo.

Antes de entrar, ele viu sair, de três grandes amontoados de plantas, Rebeca, Will e Ronald, respectivamente, também correndo para a torre. A menina estava toda suja, coberta por algo que parecia ser lama, e repleta de marcas vermelhas de picadas no braço. Will, por sua vez, tinha pelos brancos por todo o moletom e a mão ligeiramente roxa. Já Ronald, que vinha com as katanas nas mãos, tinha a camisa rasgada em vários lugares e diversos cortes pela bochecha. Todos pareciam ter enfrentado algo desafiador, assim como Kutzo.

Quando os quatro se encontraram à frente da torre, mal tiveram tempo de se cumprimentar, apenas encararam a porta se abrindo… Da escuridão que os aguardava, uma sombra com um manto vermelho se materializou numa silhueta alta e, naquele instante, a luz do exterior finalmente começava a iluminar um rosto…

Capítulo 17

O mais poderoso já visto

Antes que qualquer um visse o rosto do homem, Will atirou uma flecha, mas a silhueta misteriosa ergueu uma mão velha e enrugada, fazendo com que a seta, antes de ser reduzida a pó, parasse no ar, como se ele fosse capaz de "pausar" a cena com um controle remoto.

— Mostre seu rosto! Não adianta se esconder! — exclamou Kutzo. O homem riu.

— Houve um grande equívoco… — disse a voz calma e relaxada.

— Não mete essa! — indignou-se Rebeca — Está com medo?

— Não estou com medo, Srt.ª Donalds.

— Como você sabe o meu nome?! — a menina perguntou, arregalando os olhos e fechando a mão ainda mais forte em sua espada.

O homem deu um passo adiante e seus olhos verdes, os mesmos do sonho, iluminaram-se. O rosto velho e enrugado, com um ralo cabelo branco e uma grande barba que descia até o cinto, das vestes vermelhas, fizeram Kutzo se lembrar da fisionomia vista em várias de suas aulas de história.

Tudo aquilo havia mesmo sido um grande equívoco, pois estavam diante do Mestre de todos os lutadores de Kros e não de Dragonland.

Kutzo estava totalmente errado, no entanto, com relação à ideia de que existiam espiões, ele havia acertado em cheio.

— Não sou Draco, se é que me entendem... — disse o Mestre Henriche.

— Quem? — Will perguntou depois de ficar, por alguns segundos, maravilhado diante de um Mestre.

— Draco de Dragonland, o Mestre Dracônico! Não é de se esperar que não o conheçam pelo nome de batismo... — disse Henriche.

— Ele é um impostor! Existem feitiços que transfiguram o rosto, sabem? — Disse Ronald mirando as katanas no homem à sua frente.

— Não, não... Não há nenhum impostor... — Henriche andou até eles calmamente, os olhos transmitindo pacificidade — Sou Henriche Alexy Windzen, 90 e muitos anos, décimo primeiro Mestre de Kros e pai do Rei Cygnus, de Bogoz.

— Acho que o tal Draco saberia disso, o senhor é mundialmente conhecido! — disse Kutzo para Henriche, que sorriu.

— Muito bem! Muito bem colocado... Se não fosse eu mesmo, iria pegar o impostor com essa... — ele riu com gosto e ajeitou seu cinto — Orgulho de ver jovens tão inteligentes, principalmente, o bisneto de Sérgio!

— Conhece meu bisavô? — Kutzo perguntou.

— Claro! Foi meu primeiro grande amigo aqui em Kros... Grande lutador! Espero que tenha herdado bastante coisa dele... — por um momento, o homem pareceu se dar conta de algo e olhou a espada deformada de Kutzo. Depois seus olhos foram atraídos para os cortes em Will e, em seguida, para os machucados de Rebeca e Ronald. Pensativo, o homem coçou a longa barba.

— Como chegaram até aqui? — perguntou, interrompendo o silêncio.

— Deveria saber... — disse Will, ainda muito desconfiado. Kutzo concordou com a cabeça, querendo saber mais sobre o velho, para ter certeza da verdade, mas, mesmo assim, pensava que não havia como aquele não ser o Mestre de Kros.

— Naturalmente... — respondeu o homem — deveria saber sim, Sr. Mellur, já que eu mandei a mensagem... o sonho.

— Por que fez isso? — Rebeca indagou curiosa, coçando as pintas vermelhas em seu braço — Por que somente para nós?

— Excelente pergunta, excelente mesmo... Vocês têm potencial, soube das suas investigações...

— Que deveriam ser supersecretas! — rosnou Ronald indignado.

— Não sei de nada além do que Hank me disse, meu jovem! Mas o ponto é que... — ele apontou seu fino e longo dedo para os quatro e continuou — Na missão em andamento, contra quem quer que seja, vocês são alvos e correm perigo.

— Por que não falar isso no sonho? E mais, o primeiro sonho... — Rebeca disse, lembrando-se de algo que a fez revirar os olhos.

— Foi na manhã do ataque! — completou Kutzo.

— A missão já estava em andamento... Devem saber que os ofiotauros estão por aí, assim como os Gullinbursti. E o sonho... Draco me interrompia toda santa hora que eu tentava abrir a janela...

— Como o senhor conseguiu nos trazer para cá mentalmente? E como Draco entrou na sua mensagem? — Will parecia aflito dizendo a última parte.

— Só lutadores muito poderosos atingem uma magia assim... — Ronald começou a dizer, mas foi interrompido pelo Mestre.

— Exatamente! Eu consegui por estar perto de vocês e ser poderoso o bastante.

Ao ouvir aquilo, Kutzo abriu um leve sorriso, e chegou à conclusão de que o Mestre do reino era mesmo como pensava: grandioso e cheio de poder.

— ...Um intruso deve ter afinidade com a mente de quem invade! — comentou Ronald, retomando a fala, mas o Mestre pareceu não ouvir. "Talvez fosse uma falácia" — pensou.

— Ainda não entendi... — disse Kutzo sincero — Por que nós? E por que corremos perigo?

— É melhor mostrar a vocês... Venham! — Mestre Henriche virou-se e entrou na torre.

Todos se entreolharam, não sabendo o que fazer, mas Kutzo começou a seguir o homem e esperou que os amigos fizessem o mesmo.

— Não custa nada acreditar nas pessoas. — disse Kutzo.

— Talvez um braço ou dois... — Ronald acrescentou.

Quando Kutzo passou pela porta de madeira encardida, teve a sensação de estar em outro mundo. O hall de entrada era inteiramente roxo por causa do veludo que descia do teto. Os detalhes do tecido mudavam de listras douradas para estrelas e losangos conforme chegava ao chão.

O assoalho era revestido por um carpete negro tão macio que dava a impressão de se estar andando nas nuvens. Havia alguns sapatos velhos largados de lado e um porta guarda-chuva no formato de uma galinha. O quarteto continuou a andar e passaram por outra porta até chegarem a uma sala.

O espaço era imenso e as paredes roxas e vermelhas, com os mesmos detalhes em ouro, formavam desenhos abstratos. Em torno da mesa de centro havia dois grandes sofás curvos, uma lareira de tijolos e, ao seu lado, uma grande escada em caracol. Kutzo olhou em volta e viu quadros enfeitando as paredes com rostos que ele pensou ser de antigos monarcas de Kros, ou famílias reais importantes para a história.

Observando uma pintura no fundo da sala, ele chegou mais perto. No quadro havia uma bela jovem que aparentava ter mais ou menos a idade dele, com cabelos castanhos ondulados que caíam sobre os ombros cobertos por um vestido cor de prata. A menina tinha olhos pequenos, por conta de seu grande sorriso simpático, e seus dentes brilhavam no rosto fino, digno de uma princesa. Em sua cabeça havia um diadema com um rubi e, na parte debaixo do quadro, numa tabela de metal, era possível ler:

— Luana IV, princesa de Kros. Bem bonita... — comentou Kutzo aos sussurros.

— A esse ponto ela já não é mais assim! Esse quadro deve ser, sei lá, de 300 anos atrás! — disse Rebeca com firmeza, puxando o braço dele.

— Essa aí, Glemoak e Donalds, é a atual princesa de Kros. — Henriche falou, aproximando-se dos dois sem nem ter ouvido a fala de Rebeca — Ganhei essa pintura há alguns meses!

— Ela é da nossa idade? — Rebeca corou e olhou para o amigo, mas continuou falando — Kutzo, vamos ouvir o que o Mestre tem a nos dizer, não vamos ficar olhando pinturas de princesas antigas!

A garota forçou um sorriso e o puxou para que pudessem seguir o Mestre, que andava calmamente até se sentar em uma grande poltrona vermelha.

Kutzo olhou mais uma vez o quadro sem Rebeca notar e lhe veio à mente uma coisa que sua mãe lhe contara há alguns dias.

— Mestre Henriche, não era para o senhor estar na capital, com o Rei?

— Não é seguro para um Mestre ter uma única sede no reino... — respondeu ele.

Essa resposta evasiva aborreceu Kutzo, que imaginava alguma história envolvendo criaturas ferozes na capital, mas precisou se contentar com o que ouvira e seguiu prestando atenção ao que o homem dizia:

— É impossível negar que a minha política de treinamento não tem sido eficaz... Lutadores estão crescendo egoístas e muito orgulhosos! — disse Henriche.

— É... Percebemos, senhor! — comentou Will, olhando um quadro no outro lado da sala.

— Mas é deveras hipócrita realizar um julgamento inverso, de que vocês não precisam dos mais velhos... — continuou o mestre, calmamente, e Kutzo teve a ligeira impressão de que o que ele falou era o que estava pensando nesses últimos dias — Afinal, a ignorância não é exclusiva de ninguém! Existem, sim, pessoas como vocês que não se deixam guiar pelo pensamento de que são inúteis... Assim como existem lutadores experientes que acreditam na esperança de uma nova geração... Eu, por exemplo!

— Como assim? — Kutzo questionou.

— O real motivo de tê-los guiado, com erros no caminho, mas, mesmo assim, com sucesso, é treinar vocês quatro!

Will virou-se depressa e encarou o Mestre com um olhar de surpresa misturado com uma certa felicidade. Kutzo apenas assentiu, olhando o velho homem, tentando assimilar o que acabara de ouvir.

— Observo, atento, o andar de vocês há anos! No entanto, o que mais me alarmou foi o fato de que vocês têm conhecimento sobre o que está acontecendo... Terem lutado contra o primeiro dragão. Inclusive, soube disso por um lutador que veio reclamar sobre essa "atitude irresponsável" de vocês. — continuou o Mestre — Esse conhecimento é crucial para que resistam, acredito que tenham resiliência de sobra! Se forem treinados por um Mestre dos Lutadores, conseguirão achar o seu local no mundo. Além de mais... Há ataques lá fora... E se ninguém quiser protegê-los, vocês devem saber lutar e defender os demais... E creio, crianças, que o dragão negro possa ser derrotado...

—Tem lutadores de elite lá fora também... — Ronald o interrompeu.

Kutzo sentiu vontade de mandá-lo parar de falar, mas simplesmente escutou sobre o que ele iria reclamar dessa vez.

— ... Buscando o próprio dragão, lutadores mais fortes que nós... — continuou ele.

— Você não deixou de dizer a verdade, mas o que eu disse anteriormente? Vocês têm conhecimento! Mais do que qualquer um que vista uma jaqueta preta e diga que é de elite. Nunca vi alguém querer ser artífice ou um arqueiro, aos seis anos, por exemplo.

— Espera aí! — interveio Rebeca pensativa — Mas se você tem noção do que sabemos, por que simplesmente não diz aos outros?

— Oh, eu não sei! Na verdade, espero que me contem! — Henriche dizia como se suas intenções fossem óbvias, mas ao ver que os garotos não entenderam, apontou para a janela da sala que mostrava o gramado da torre — Essa montanha guarda segredos que nem eu sei... E vocês estão repletos de marcas... Duvido que não tenham nada para me contar!

—Temos! Acho que temos, sim… — Rebeca olhou para os meninos enquanto arrumava a manga rasgada da camisa — Eu descobri algo importante: a civilização das fadas, que um dia habitou a montanha, foi completamente dizimada por outro povo. Encontrei esse grupo de fadas, do qual nunca tinha ouvido falar, e descobri da pior maneira que eram agressivas... Como podem ver, me morderam algumas vezes... Eu lutei contra o enxame inteiro e, sem querer, acabei por invadir a toca delas. Lá, vi um traje de lutador, porém nas costas não havia nada comum aos trajes do nosso reino... — Rebeca então colocou a mão no bolso e tirou um longo pedaço de couro cinza com os seguintes dizeres em uma fonte agressiva:

VIVEREI PELA MAGIA PURA.

— Como temia, há lutadores de Dragonland infiltrados aqui e mandando em criaturas… Nossa teoria está praticamente confirmada. — disse o Mestre, coçando a barba.

— Mestre, acho que preciso contar rapidamente o que eu descobri! — Kutzo se viu na obrigação de contar sobre o espião, embora não tivesse ideia do quão longe os lutadores estavam de achar a verdade. Afinal, estavam procurando por algo que nem tinham noção de sua importância.

O garoto então contou tudo o que vivenciou na floresta. A cada palavra, os olhos de Henriche transmitiam o desespero sentido e o velho começava a respirar um pouco mais rápido.

— Espiões... — repetiu ele algumas vezes — Deveria ter suspeitado! Deveria... Mas depois de todo esse tempo, ele voltar agindo nas sombras? Nem mesmo eu poderia suspeitar! Então os lutadores estão em mais apuros do que achamos!

O quarteto se entreolhou e chegou à conclusão de que se o grande Mestre estava daquele jeito, a situação era mesmo catastrófica.

— Senhor, o que acha que eles querem? — perguntou Rebeca.

— Me enfraquecer... Causar um colapso para que eu tenha que resolver de um jeito, um jeito...

— Qual jeito?! — Kutzo o interrompeu, com a cabeça em qualquer lugar, menos na torre, ele pensava em todas as possibilidades e ficava ansioso.

— Draco quer uma arma, uma que foi tomada dele há muito tempo — com uma mão trêmula, o homem apontou para duas molduras.

Kutzo virou-se para elas e deparou-se com duas espadas: uma com aparência de pedra, que parecia quebrada com seu punhal torto, e cuja lâmina larga era cor de ônix. A outra se assemelhava a uma espada padrão, com punhal de bronze e uma insígnia de metal. A única coisa que se destacava nela era sua lâmina reluzente, que parecia conter algum tipo de gás azul-claro que se remexia em seu interior.

— Eu já deveria saber, mas não imaginei que chegasse tão perto... — Henriche se lamentava.

— Essas são... — Ronald estranhamente parecia ter reconhecido as armas.

— Sim, as espadas sagradas da realeza. Forjadas para lutar uma guerra de 1.500 anos atrás.

— A disputa entre os reinos é mesmo milenar, então... — concluiu Kutzo vislumbrando as espadas.

— Sim... E essas espadas, depois do fim da guerra, viraram relíquias. Um símbolo de esperança para os Bogozianos, um sinal de poder e glória à Dragonland e representação de confusão para Kros, que não sabe o que fazer, enquanto terceiro reino.

"Uma relíquia passada de geração em geração!" — pensou Kutzo. E ele, por alguns segundos, esqueceu-se de que Henriche já fora rei de Bogoz, pois sempre vinha à sua mente a imagem do velho como Krosiano de nascença.

— Por que você decidiu vir para cá? — Kutzo deixou escapar e Will lançou-lhe um olhar de censura.

— Deixa ele terminar de falar, pô! — repreendeu o garoto.

— Não, não tenho problemas para responder isso... — disse Henriche agora sorrindo e olhando Kutzo — É uma longa história, mas digamos que a vida me trouxe aqui como um trem-bala: sem tempo para ver ou sentir o que acontecera. Mas enfim, eu dominei a espada de Dragonland, a que possui aparência de pedra, caso não saibam, em uma missão contra Draco, na esperança de liquidá-lo usando sua própria arma. Não é a primeira vez que ele quer poder... — disse rapidamente ao ver os olhares confusos e cheios de dúvida — Mas eu errei... A espada não me obedeceu e se recusou a ser erguida. Ela só poderia ser controlada, então, caso fosse entregue pelo próprio rei ou se eu tivesse o sangue e os ideais de um draconiano... E é óbvio que eu, como Rei de Bogoz, não tinha nada disso. Logo, para mim, a espada era mais pesada do que o chumbo.

— A pergunta que não quer calar é: quem exatamente é Draco? E se esta não é a primeira vez que ele busca poder em Kros, por que só ficamos sabendo dele agora? Deveria ser ensinado na academia e... — Kutzo jogava todas as suas perguntas dos últimos dias de uma única vez, num vômito de palavras.

— O maior erro de um homem é tentar combater um problema ignorando-o, meus jovens... — começou Henriche, olhando para o quarteto de maneira a ponderar se valia a pena ou não contar-lhes a verdade — Foi isso o que eu fiz quando Draco atacou o reino, a fim de procurar o herói da profecia. Os rumores estavam pipocando muito no fim da década perdida... 1988 foi o ano que lancei sobre todos os lutadores uma magia para fazê-los se esquecer de Draco. Fiz a existência dele se tornar um simples efeito de memórias confusas. Os lutadores mais novos daquele tempo apenas acreditam que um grande ataque de dragões aconteceu na cidade, enquanto os que me ajudaram a lançar o feitiço são os únicos que sabem. Essa é a verdade... — ele olhou para os lados para ver se alguém os estava espionando — ... E vocês são alvos por serem alguns dos poucos seres vivos a saber da existência do Mestre de Dragonland, Draco Vannkaster.

— Draco é rei e um mestre ao mesmo tempo? Digo, se ele tinha a espada da realeza... — indagou Rebeca confusa.

— É proibido, até onde sei... — completou Will.

— Negativo! Draco não é rei! Ele tem a posse da espada por ter o sangue real. Seu irmão, Rheagal, é o monarca e, portanto, Draco pode usar a arma. Na verdade, acho que nenhum soberano entregou a espada a alguém que não fosse de sangue real.

— Então por que existe essa regra de a espada só ser erguida por pessoas da realeza? — perguntou Will interessado.

— A espada de Dragonland foi feita inspirada na de Bogoz, que possui essas mesmas regras. A diferença é que a de Bogoz queima a mão de um indigno ao invés de não poder ser erguida para combate. Mas continuando a história... — Henriche retomou a narração — ... Peguei a espada, porém não consegui usá-la e, com muito esforço, coloquei-a nesta moldura ao lado da minha. Draco ficou furioso por ter perdido sua arma... Quer dizer, draconianos são ferozes com qualquer coisa.

— Não faz parte da cultura deles ser assim? — disse Rebeca mais para si do que para os demais.

— Não, eles se camuflam em suas tradições para serem cruéis e preconceituosos. Eles se acham superiores! Graças a Ienzen, a ULM os desmentiu quando o rei tentava jogar a sujeira para debaixo do tapete, pelo menos é o que quero pensar. Cultura jamais será o motivo para o mal, benditos sejam aqueles que realmente praticam os costumes de Dragonland e não sejam lutadores cegos por poder. E chegamos ao cerne da questão: poder! Essa palavra é perigosa, meus jovens, vejam o que Draco está fazendo para recuperar a sua espada, a arma para ele se mostrar novamente ao mundo e cravar seus ideais na sociedade. Dominar Kros é o objetivo, já que é uma terra de ninguém, feita da magia de ambos os irmãos Dragões!

— O senhor está escondido... Como ele sabia que estava aqui? — perguntou Kutzo.

— E sabia? — perguntou Henriche de volta — Os draconianos jogaram ofiotauros do outro lado do estado para atacar pessoas e, por acaso, quando o fizeram em Austrópolis, já que é a cidade dos meus conselheiros, e se aproveitando de estar no alcance do meu feitiço, Draco invadiu o sonho que eu estava reproduzindo... E o que era para ser um chamado para um treinamento, virou uma sentença de morte.

— Não diga mais nada, Mestre! — Will parecia tentar conter a animação que faltou no dia de seu aniversário — Quando começaremos? Temos um dragão para derrotar!

Henriche sorriu e Kutzo deu uma risada, pensando o quanto aquele dia parecia ter melhorado de maneira repentina.

Capítulo 18

A chave para a vitória

Do lado de fora da torre, o quarteto conversava tranquilamente. Kutzo, no entanto, não tirava uma coisa da cabeça: o que o garoto mais estranhou foi o fato de que Henriche ignorou, completamente, a presença do orbe na história contada por ele sobre espiões que, supostamente, estavam se infiltrando para uma perigosa missão.

Will disse para o amigo que, talvez, essa aparente falta de interesse tenha se dado pelo fato de ser normal existirem aparatos mágicos de comunicação entre lutador e mestre. Mas para Kutzo, aquele corpo esférico não era normal, pois ele se sentira estranho diante de sua presença. Além disso, o menino tinha a sensação de que a esfera pareceu influenciar o gullinbursti que fugiu raivoso. Aquilo tudo poderia ser só uma coincidência, mas para o garoto, o orbe tinha poderes sobre as pessoas como dizia a lenda!

Quando a noite engoliu o horizonte do campo e encheu o céu com várias estrelas nunca vistas por eles, que moram na cidade, Kutzo deixou acidentalmente a sua espada defeituosa cair e lembrou-se do Majeion na floresta que, consequentemente, o fez recordar-se de como o dia havia começado.

— Rebeca! — ele chamou a amiga.

— Sim? — disse a garota escondida atrás do seu velho livro de criaturas.

— O que o Majeion fez? Nós somente saímos de lá... Como isso aconteceu?

— Bem... — ela abaixou o livro, marcando a página com uma fita, e continuou — Os Majeion têm capacidades mágicas muito poderosas e, quando sentem medo, são capazes de se teletransportar. Mas, por algum acaso, aquele acabou levando quem estava perto, provavelmente, para uma futura "ceia"... E então, *puff*!

— Mas nós chegamos bem longe um do outro, não acha?

— Você realmente não sabe até onde a magia é capaz de ir... — concluiu Ronald — Quanto mais gente em um feitiço de teletransporte, mais difícil é segurar.

— Entendo... Will, o que está fazendo, cara? — Kutzo mudou de assunto.

Will estava na ponta dos pés apoiando-se em uma árvore, enquanto erguia, ao máximo, um dos braços. Ao ouvir o amigo, manteve-se na posição e respondeu.

— Tentando pegar sinal! — disse, balançando o telefone em uma das mãos — Precisamos nos informar!

— Conseguiu algo? — perguntou Kutzo, lentamente, como se estivesse escolhendo cada sílaba.

— Não, ainda não... — repentinamente uma luz branca iluminou seu rosto — Consegui entrar no site!

— E aí? — Kutzo correu para ver a tela do celular, cuja luminosidade chegava a arder os olhos em meio à escuridão da noite.

— Bem... Os outros lutadores que estavam conosco em Majille foram achados, inclusive, levaram os Sher de volta e encontraram, no coração da floresta, três civis que tinham sido sequestrados.

— Bem-feito para os Sher! O que mais aí? — Kutzo perguntou curioso.

Will apertou os olhos para enxergar uma pequena manchete no canto inferior da tela. Em seguida, desviou o olhar para o amigo, este entendendo que deveria ler.

Esticando o pescoço para conseguir observar a tela ainda erguida no alto, Kutzo visualizou a manchete rapidamente:

*NENHUM INDÍCIO DO DRAGÃO CAUSA
BATALHA ENTRE LUTADORES EM MISSÃO*

Ignorando a notícia abaixo sobre um ataque de unicórnios em um vilarejo a alguns quilômetros de Austrópolis, Vila dos Rochedos, Kutzo olhou para os lados pensando no que dizer.

— Os espiões já deram as caras, não podemos esperar mais! — disse ele rápido, começando a se mover de um lado para o outro.

— Kutzo, fique calmo! — disse Rebeca, limpando a parte achatada da espada na camisa — Vamos conseguir! Os espiões não vão avançar em seus planos!

— Eles já estão! — exclamou o menino ansioso, com a boca seca e as pernas tremendo — Rebeca, o Mestre nem suspeitava!

— Mas nós já!

— Nós não temos voz! Me diga, quem de nós quatro tem 70 anos de treinamento?

— Isso não quer dizer nada...

— Quer dizer que vamos sucumbir logo, logo, se não agirmos...

— Não diga isso! — interrompeu ela com os olhos brilhando de lágrimas — Se te conforta saber, foi você que achou aquele distintivo!

— Então a culpa é minha de deixar você preocupada?!

— KUTZO GLEMOAK JUTITUA! — a menina berrou, colocando os braços para trás e inclinando o corpo para chegar perto dele sem dar um único passo — NÃO É CULPA, É A SUA RESPONSABILIDADE! Ah... Eu pensei, por um momento, que era o mesmo garoto corajoso que se jogou da janela para lutar com um lobo. NÃO AMARELE!

— Sou o mesmo que agora tem uma espada cortada ao meio! E o Fenrir só não me matou por sua causa e do Ronald! Além disso, no caso do dragão no túnel, a ideia de fazer um escudo foi do Will! — Kutzo explodiu.

E naquele instante, todas as suas inseguranças foram expelidas com a alta ansiedade que lhe afligia no momento. O garoto colocou a mão na testa e, por um segundo, desejou não ter falado aquilo.

— Nós somos um time, não somos? Nós te ajudamos, mas a coragem é sua, Kutzo! Não seríamos nada sem você! — disse Ronald calmo, aproximando-se de Rebeca que, seguia chorando silenciosamente. Kutzo ouviu passos atrás dele e sentiu a mão de Will tocando seu ombro.

— Eu não sei se consigo! E se eu...

— Você não vai errar! — Will disse, tentando confortar o amigo — Nunca errou, e não precisa botar todo o peso do mundo nas suas costas. Lembre-se de que foi o Ronald que descobriu a abertura do muro; a Rebeca que deu medo ao Majeion e de que a culpa do sonho ter nos alcançado é por eu ter juntado todos em um único quarto!

Kutzo olhou para os amigos e não sabia o que fazer, queria seguir calado para todo o sempre. Mas lembrou-se do porquê de ele ter aceitado a missão: seus pais estavam em apuros procurando o dragão, seu bisavô e irmã tendo que morar em uma cidade em alto risco. Ele entrou naquele fim de mundo para proteger quem ele ama, isso inclui os seus amigos, e todos os habitantes de Austrópolis e Majille.

— Eu não consigo, Will! — Apesar dessas palavras, Kutzo sorriu ao ver Rebeca empunhando sua espada bem alto com raiva dele:

— Nós conseguiremos! — ele corrigiu rapidamente.

Rebeca largou a arma no chão e encarou Kutzo com uma grande mistura de sentimentos no olhar, até que por fim o empurrou rindo.

— Seu engraçadinho! — o garoto sentiu suas bochechas queimarem e riu envergonhado. Então Ronald e Will caíram na gargalhada.

— Qual foi a piada, hein? — perguntou Henriche saindo da torre com as vestes voando ao vento gelado que a montanha trazia à noite.

— A do pônei, conhece essa? — Will disse, segurando a risada.

— Conheço muito bem, Senhor Mellur! — o homem sorriu.

— Ah, não vale!

Kutzo deixou escapar um riso e deu uma leve cutucada em Will que parecia pensar em outra piada.

— Então, está uma bela noite, não? É sob a luz da lua cheia que aprenderão a deixar seus poderes intensificados. Seus raios, caso não saibam, banham os usuários de magia com uma energia poderosa, não é à toa que as maiores batalhas sempre foram travadas durante o plenilúnio!

Com um aceno, o velho fez uma nuvem se afastar, permitindo que o brilho lunar iluminasse seu rosto como um grande holofote.

— Segundo algumas fontes, a lua cheia é aquela que perdoa, sua magia pode permitir tantas virtudes e essa é uma delas...

Kutzo olhou para Will, que apenas assentiu. Ronald fez o mesmo, enquanto Rebeca apenas escorava-se no ombro de Kutzo.

— O mundo é terrível, meus caros aprendizes! — disse o mestre. — Mas se colocarem uma única gota de alegria, de perdão, empatia e acima de tudo, esperança e amor, conseguirão vencer as trevas em seu interior e, com isso, poderão ver beleza, justiça, verdade! Desculpem pelo discurso, porém, não consigo ensinar sem isso... Agora, prestem muita atenção! Sei que já aprenderam o que vou fazer neste instante, mas quero ter certeza de que se lembram.

Henriche fechou os olhos e abriu os braços, começando a movimentar os dedos ritmicamente. Ele dobrou os joelhos, dando meio passo, e abaixou o corpo ainda de olhos cerrados. Quem o via, naquele momento, tinha a sensação de que o homem estava em total equilíbrio e paz.

De repente, ele pulou mais alto do que qualquer pessoa da sua idade poderia ter sonhado, e Kutzo imaginou as dores que ele poderia sentir mais tarde. À frente do corpo, o Mestre juntou os braços novamente, erguendo os dedos lentamente. Em seguida, afastou seu braço direito como se estivesse em busca de algo.

Entre o dedão e o indicador, de repente, surgiu a espada de Bogoz, a mesma da moldura. "Ele a ilusionou ou a convocou?" — Kutzo se perguntou.

Os olhos verdes novamente se abriram em paz, e o homem fincou a sua espada na grama iluminada pelo luar e pelas luzes da torre.

— Por que precisamos saber controlar a magia de novo? — indagou Will, e Kutzo sentiu em suas palavras uma tentativa de não parecer mal-educado.

— É mais do que isso... — respondeu o homem. — Quanto melhor seu equilíbrio mágico, melhor será seu desempenho mágico. Não é apenas uma técnica infantil, há magias e feitiços que necessitam de uma conexão espiritual! Tentem isso e só então poderemos iniciar...

Kutzo assentiu, pensando que não parecia ser tão difícil, afinal, fora fácil nos seus primeiros anos de vida se movimentar aleatoriamente controlando sua magia interior.

Rebeca soltou seu ombro, e todos pareciam se enfileirar quando Kutzo fechou os olhos e abriu os braços, exatamente como o Mestre fez. Mas naquele instante, o garoto percebera que a sensação que sentia não era igual à que se lembrava.

Ele recordava-se de sentir um vento em seu interior, uma conexão estranha com o todo. Agora era só como fechar os olhos para dormir. O menino tentou se concentrar, mas nada ocorreu.

"Esvazie a mente!" — disse a voz de sua consciência. Kutzo tentava seguir seu próprio conselho, mas era como se todos os pensamentos quisessem aparecer justo naquele momento.

Quando chegou ao limite, perto do "nada" em sua mente, o garoto ouviu as árvores lá longe balançando; os pássaros ciscando nos ninhos de palha e ouviu o seu batimento cardíaco, calmo e periódico, como deveria ser. Ele abaixou seu corpo lentamente e sentiu um mosquito pousar no topo de sua cabeça, ele parecia pulsar...

Para Kutzo, a melhor sensação do mundo foi dar o salto: era como pular em uma cama elástica. No entanto, ele se lembrou de que estava na grama dura da montanha, então seus pés tocaram o chão novamente e suas mãos se juntaram, instantaneamente. Ele sentiu uma espécie de brisa dentro de si, percorrendo cada fibra de seu corpo, cada nervo e vaso sanguíneo, assim como um choque em cada dedo. Não sabia como, mas algo lhe dizia que deveria realizar um feitiço, talvez fosse a memória do Kutzo de oito anos atrás.

— *Adpareo!* — sussurrou ele.

A estranha brisa pareceu se esvair, mas, ao mesmo tempo, se mantinha dentro dele, o que era estranho e contraditório. O garoto então parou de sentir o todo ao seu redor, escutando apenas o som do seu coração. Ao abrir os olhos, lentamente, percebeu que em sua mão direita, conforme conjurou, apareceu sua espada defeituosa. Ele olhou para os lados completamente confuso e notou que Ronald parecia ter a mesma reação.

Naquele instante, todos empunhavam suas respectivas armas. Cada um havia, com sucesso, equilibrado e controlado o seu interior. Kutzo sorriu ao sentir que a paz o invadia. O seu caminho para se tornar forte estava traçado, agora ele precisava segui-lo.

A hora da verdade

Logo na manhã seguinte, o quarteto começou a longa semana de treinos, não tão exaustivos como Kutzo imaginara, mas verdadeiramente desafiadores.

No primeiro dia, aprenderam sobre as armas e como elas sobreviveram por tanto tempo, surpreendendo-se com a negação da ULM em usar armas de fogo. A organização havia dito em certo ponto do passado que "espadas, arco e flecha e magia são muito mais atraentes do que um tubo de ferro disparador de balas".

A cada nova lição, Kutzo achava Henriche um professor muito mais atencioso e didático do que os anteriores, o que o fez ficar mais calmo durante as aulas. Logo de cara, o menino conseguiu ver que o Mestre era realmente como diziam: um grande homem. Com certeza tinha os segredos para derrotar o dragão, e não só isso: teria ensinamentos para toda a minha vida, pensava ele.

No dia seguinte, os quatro lutadores que estavam em treinamento tiveram que encontrar moedas escondidas pela torre, em uma pseudo missão para que aprendessem a dificuldade de rastrear algo, exatamente o que acontecia do outro lado da montanha com os lutadores.

Kutzo e Ronald procuraram em todos os sete andares da construção: nos quartos, salas, dentro dos armários... Até que chegaram em um apertado escritório mais bagunçado do que o quarto de Will, cheio de folhas e pastas jogadas, algumas com documentos de 40 anos atrás.

Ronald, por fim, achou uma moeda entre as páginas empoeiradas de um documento nomeado como "L.P. 1960", outra entre os tijolos da parede, mais uma atrás do quadro de Luana IV e outras espalhadas nos arbustos do jardim. A falsa missão durou a tarde inteira e fez todos se cansarem bastante.

Quando voltaram para a torre durante a noite, receberam notícias sobre os lutadores. Eram as mesmas de antes: mais um dia sem acharem o dragão e sem a diminuição das pragas mágicas, apenas pequenas notícias sobre supostos acidentes nas academias de lutadores no reino todo.

Os dias seguiram. O tempo voava e Kutzo temia que não ficasse forte o bastante, mas o tempo não parava nem para treinar contra um dragão. Kutzo estava ficando mais familiarizado com feitiços complexos e golpes de espada cada vez mais precisos. Tudo isso o motivava muito, pois seu sonho era proteger aqueles que tanto amava. "Se o ódio é uma magia poderosa e devastadora, somente o amor pode acabar com ele!" — ele refletiu após um dia de treino.

Durante os tempos de descanso entre as aulas de luta com bonecos de espuma animados por magia, o Mestre gastava sua energia tentando resolver a crise em que os lutadores se encontravam e a questão dos supostos espiões. No quinto dia, inclusive, Kutzo ficou com pena do hábil instrutor ao notar a falta de alguns fios de cabelo na cabeça do velho homem.

O tempo passava depressa e num piscar de olhos, Kutzo se viu no sétimo e último dia de treinamento. Estranhamente ele não se sentia mais forte ou mais rápido, mas acreditava estar preparado psicologicamente para entrar na maior missão de todas: achar e destruir o receptáculo da energia de Draco, o dragão negro. Apesar desse sentimento, o garoto estava com medo de perder essa batalha, o que não parecia muito heroico. "Será que agora sou um lutador?" — ele se perguntava.

Interrompendo seus devaneios, o Mestre se aproximou dos meninos e, fazendo um grande saco se abrir, disse:

— Acredito que irão precisar! — quatro armaduras de bronze caíram no chão — Vocês vão adentrar profundamente a floresta hoje!

— Obrigada, Mestre! — Rebeca se abaixou e pegou uma das armaduras junto de um elmo, deixando transparecer um olhar ansioso de quem não havia dormido direito na noite anterior.

Kutzo pegou sua armadura, colocando-a por cima de sua jaqueta, tendo a sensação de que ela pesava em seus ombros como uma mochila cheia de livros. Em seguida, colocou o elmo em sua cabeça e depois, cuidadosamente, inseriu a espada defeituosa no grande coldre amarrado a sua cintura. Ele respirou fundo, olhou para os amigos e disse:

— Está é a hora!

— Vamos detonar! — Will afirmou, colocando suas luvas para arco e flecha.

— Não se esqueçam do feitiço de fortalecimento nas armaduras... — O Mestre os lembrou, ajeitando suas vestes brancas.

— *Fortis Manet!* — Kutzo disse com a mão no peito, de maneira que o encantamento brilhou por todo o ferro. Levantando os olhos em direção ao velho homem, o menino disse:

— Obrigado, Mestre! Nos treinar foi...

— Meu dever com os jovens lutadores, sim, Kutzo! — o homem sorriu com um olhar de esperança — Vão! E tragam a cabeça do dragão! Os dentes dele têm mil e uma funções, tais quais... — ele olhou para os lados e disse com um curioso desdenho — Fortalecer!

Dando uma última olhada na torre que havia deixado os quatro jovens lutadores tão intrigados, há uma semana, Kutzo, Rebeca, Will e Ronald saíram na direção da densa floresta de Majille.

Will marchava com uma flecha em uma das mãos e o arco, recém-polido, na outra. Kutzo deu uma risada ao ver o amigo, mantendo a guarda alta e olhando para cada lugar que emitisse algum som. Rebeca, ao seu lado, fazia o mesmo, enquanto Ronald procurava por magia, vestígios e pegadas.

— Parem! — disse Will, armando o arco.

— O que...

— Ouvi algo no arbusto! — respondeu ele a Kutzo, que inclinou-se para a frente tentando ouvir o tal som. No entanto, o garoto não ouviu nada, nem mesmo uma folha farfalhando ou um pássaro ciscando.

— Deve ter ouvido o vento... — comentou Ronald sem se importar.

— O Vento não tem sombra! E eu vi uma sombra agorinha! — sem rodeios, Will puxou a flecha o máximo que conseguiu e abriu a mão, disparando a seta que cortou o arbusto e fincou-se em algo, que berrou de dor em seguida.

A criatura se levantou como se fosse um homem baixinho, mas com olhos profundos, do tamanho de uma bola de sinuca, e muito vermelhos, para a surpresa de ninguém. O ser tinha orelhas pontudas nas extremidades de sua cabeça redonda, que subiam muitos centímetros além do seu cabelo, constituído de poucos fios louros.

— Um gnomo?! — indagou Will, olhando para Rebeca que estava com o elmo torto em seu rosto.

— Duende! — respondeu ela.

— Ele também está sendo controlado... São considerados animais?

— Uma espécie muito inteligente, quase humana... Mas não se esqueça do que o Mestre falou: Draco só não controla humanos porque não quer, é difícil!

— Agora humano é sinônimo de inteligência! — o duende disse, com uma voz grossa e poderosa como a do orbe, junto de uma fina e irritante voz de duende — Sua espécie está destinada a se matar, não como a minha que busca prosperidade, todos juntos em uma união!

O duende sorriu com os dentes podres e amarelados, de maneira que o gesto apertou as rugas de sua face. Em seguida, ele segurou a flecha de Will, arrancando-a de seu pequeno braço ensanguentado.

— Se matarem um duende, 50 virão... — advertiu o pequeno homenzinho.

— Ninguém vai te matar, duende de jardim! — disse Ronald.

Naquele instante, os olhos da criatura piscaram e mudaram de uma luz vermelha para uma escuridão sem fim. O duende riu e fincou a flecha em seu próprio peito, esvaindo-se enquanto transformava-se em poeira.

— Ele se matou? — Will perguntou indo buscar a flecha.

— Estranho... — Kutzo olhou ao redor pensativo — Ele disse que quando um duende morre, 50 aparecerão...

— Deve ser um lema qualquer de lealdade! — comentou Ronald.

— Pelo que li, duendes não são muito de lemas sem propósito... — Rebeca disse, observando uma direção com um olhar preocupado.

Kutzo ouviu passos ao longe, assim como gritos agudos que doíam o tímpano. O menino, então, segurou a espada e voltou-se para a direção do som.

— Era literal! Era 100% literal! — gritou ele.

Correndo na direção dos quatro jovens, outros tantos duendes de olhos vermelhos brilhantes apareceram. Will começou a disparar flechas e, a cada explosão, várias partículas de poeira poluíam o campo de visão de Kutzo que, por sua vez, avançou na direção das criaturinhas, cujas unhas afiadíssimas tentavam arranhá-lo.

Um duende se jogou de cabeça na armadura de Kutzo. "Que idiota!" — pensou ele, partido a criaturinha ao meio com sua espada. A sensação era exatamente como a de "cortar" areia.

Como os pequenos seres não paravam de avançar, Kutzo já sentia seu braço extremamente cansado e um suor escorrer pelo elmo, mas a voz dentro de si dizia para que ele continuasse.

— KUTZO! — gritou Ronald após fincar dois duendes com suas katanas, mas um terceiro o derrubou no chão.

— O quê? AAAH! — Kutzo sentiu pequenos pés em suas costas e começou a tentar acertá-los, jogando-se com tudo na árvore mais próxima.

— GAAAAH! — sibilou o duende após ser esmagado, mas a criatura agarrou a espada do menino e a segurou.

— Oh não... — lamentou o garoto.

A espada partiu ao meio novamente e Kutzo olhou furioso para o duende, tentando pegar a outra metade da lâmina. De repente, a criatura pulou em seu rosto e o menino não conseguiu enxergar nada. Ele então girou tentando se situar no espaço, mas caiu de costas no chão rochoso.

Ouviu Will cair e xingar o duende, enquanto Rebeca soltava um fino grito e também caía com tudo no solo, com um duende berrando em seu ouvido.

Naquele instante, algo segurou o braço de Kutzo. Ele se remexia violentamente, mas não conseguiu fazer nada. Será que aquele era o fim de sua missão?

De repente, um vento quente invadiu a floresta, como se cada planta estivesse em chamas. Kutzo sentiu o bafo de calor percorrer o seu rosto, ainda amassado pela barriga do duende, mas que acabara de soltá-lo. Ele suspirou de alívio ao conseguir respirar algo que não fosse chulé de duende e escutou esguichos, como se fossem rajadas poderosas de água que reduziram os duendes a pó. Ao se levantar, viu Will deitado no chão com o elmo quebrado e os olhos arregalados em direção ao céu.

Kutzo olhou para cima e viu que uma luz branca e reluzente brilhava acima das árvores, que outrora deixavam o céu fora do campo de visão. A luminosidade enfraqueceu e um sentimento de paz, igual àquele obtido por meio de um equilíbrio mágico, invadiu seu peito. Confuso, o garoto olhava para as sombras que se formavam no céu, mas não teve muito tempo para admirá-las.

As silhuetas caíram em sua direção, girando em alta velocidade. Ele se arrepiou e colocou as mãos à frente do rosto, cobrindo os olhos. No entanto, para a sua surpresa, dois punhais bateram em suas mãos. A mão esquerda quase caiu com o peso, mas logo se estabilizou, já a direita queimou levemente.

— Uou! — disse Will admirado.

Kutzo abriu os olhos e seu queixo caiu, pois ele estava segurando nada mais, nada menos do que as duas espadas sagradas: uma com aspecto rochoso, de Dragonland, e a majestosa lâmina de ferro de Bogoz.

— Como você as chamou? — perguntou Ronald, chegando um pouco mais perto.

— Eu não as chamei… Elas só apareceram… — o garoto respondeu confuso.

— Como é que você as pegou, sem queimar a mão? A de Dragonland é pesada? — o amigo continuava a perguntar.

— Não, pegue! — disse Kutzo, estendendo o artefato para Ronald.

— CUIDADO! Ah… é normal? Algo está muito estranho, não era para isso estar acontecendo! — ele disse surpreso, girando a espada para ver os detalhes.

— Isso é realmente estranho! — Rebeca concordou, estendendo a mão para pegar a outra espada. Kutzo deu a ela a arma de Bogoz — Parece que…

— Elas nos escolheram… — completou Kutzo.

— Todos nós conseguimos segurá-las… — disse Will pegando a espada de Dragonland das mãos de Ronald — Mas elas vieram até você, Kutzo!

O garoto olhou para as suas mãos, perguntando-se como teria conseguido tal feito? E o mais misterioso era ter conseguido atrair as duas espadas. Ele reconhecia que não sabia bem os valores dos dois reinos, mas tinha a certeza de que ele não chegava aos pés de Henriche como lutador e muito menos do tirano Draco, já que ele era só... Kutzo, de Kros. Esse pensamento o fez se lembrar de outra coisa.

— Estamos fora das proteções da torre, gente! E com a espada que *ele* quer!

— Isso não pode ser coisa boa... — Will entregou a Kutzo a arma de Bogoz — Use essa, eu vou guardar a de Dragonland no meu coldre, já que não tenho espada. Kutzo concordou com a cabeça e olhou para a frente, decidido.

Os quatro seguiram mais atentos pela trilha, já que estavam agora com as espadas sagradas. O gás dentro da arma de Bogoz parecia ser algum tipo de encantamento, já que se mexeu rápido quando Kutzo cortou um tronco caído.

— Esse é o lugar que você disse? — perguntou Ronald

— Exatamente! — respondeu Kutzo.

Eles entraram na clareira em que Kutzo enfrentara o espião, e encontraram orbe, como esperado.

— O dragão deve vir aqui, afinal, é um bom esconderijo e que Draco conhece bem... — Kutzo disse.

Minutos depois, uma voz misteriosa que saía do orbe, disse:

— Parece que, de algum jeito, as crianças conquistaram a espada sagrada...

Rebeca, Will e Ronald se assustaram, mas Kutzo manteve-se sério, olhando fixamente para o corpo esférico à sua frente.

— Agora, devolva minha espada, jovem Kutzo! Se não quiser morrer, dolorosamente, como o pai de seu amigo, Ronald!

O menino rangeu os dentes, mas Kutzo não o deixou avançar. A voz então continuou:

— É idiotice trazer o que busco, crianças, não me surpreende por que os subestimam!

— Nós somos os mestres das espadas, agora! — o quarteto gritou em conjunto.

Capítulo 20

O dragão negro

As pedras que enfeitavam o orbe se soltaram do ouro e se estilhaçaram como taças de vidro. Em seguida, um vento forte balançou as árvores e os arbustos, e a grama no chão queimou quase na mesma hora.

O corpo esférico se abriu, lentamente, emanando vozes e gritos de desespero, e Kutzo não estava entendendo nada, afinal, por que um comunicador faria aquilo?

— Pensei que iria chamar o dragão... — sussurrou ele.

A voz riu, desdenhosamente, e faíscas vermelhas saíram do interior do globo, em grande quantidade e alcance. Elas pulavam formando uma silhueta muito familiar: primeiro uma longa cauda que aumentava de largura para chegar em um corpo quadrúpede; asas eram formadas por mais faíscas cuspidas em curva e, por fim, um longo pescoço que dava origem a uma enorme cabeça.

— Ah não... — as crianças disseram em uníssono.

O enorme dragão negro se materializou diante deles, batendo suas asas e destruindo as árvores próximas com um movimento grosseiro. Seus olhos vermelhos se abriram assustadoramente, enquanto suas pupilas afinaram-se como olhos de gato. Em seguida, as narinas do monstro emitiram um ronco acompanhado de um bafo de calor.

Kutzo se esgueirou e olhou para o orbe que não estava mais ali.

— Não me surpreende ninguém tê-lo achado... — disse Will para o amigo, que respirou fundo e segurou a espada ainda mais forte. Sentia medo de perder... Mas a vontade de salvar seu lar era maior.

— Vamos lá, galera! Detonem o dragão! — Kutzo disse determinado.

A criatura rugiu e sua boca se abriu, mostrando as centenas de dentes que ali havia. Uma onda de calor se expandiu e uma labareda cor de sangue foi em direção ao quarteto.

Kutzo sentiu seus instintos dizerem para levantar a espada, mesmo sabendo que ela não iria segurar aquele fogo. Ele então ergueu a arma sagrada, já que aquela seria a única opção, além de virar churrasco.

O calor estava insuportável, mas de algum jeito a lâmina simplesmente cortou a chama, fazendo-a se dissipar em meio ao ar. Admirado, Kutzo notou um estranho brilho vermelho na espada, mas o ignorou, já que, repentinamente, a arma se mostrou estranhamente perfeita para a sua mão. Ele, no entanto, tomou um susto ao ver que em seu punho apareceu uma estranha cicatriz com o formato de chama. "Como eu não percebi isso antes?" — pensou ele.

Naquele instante, Rebeca avançou contra o dragão, mas antes que ela conseguisse brandir sua espada, a criatura deu um forte tapa na garota, que a fez cair instantaneamente.

— Eu tô bem!... — gemeu ela, tentando se levantar.

A criatura gigantesca abriu a boca mais uma vez e seu pescoço se abaixou para abocanhar sua vítima.

— Nããão! — Kutzo gritou, correndo freneticamente antes que fosse tarde demais. Ele ouviu Will disparar flechas na direção do monstro e sorriu quando o amigo acertou uma delas diretamente no olho do dragão. Enfurecido, o animal focou sua atenção no autor da flechada, dando o tempo exato para que Kutzo pudesse tirar Rebeca de perto.

— Não precisava, cabeção! Eu sei me cuidar... — disse ela.

Ronald pulou na direção da monstruosa criatura, fazendo aparecer em suas mãos um par de punhos ingleses com garras.

O dragão urrou e balançou sua cabeça de um lado para o outro para se recuperar da dor, fazendo cair as flechas que estavam em seu olho. O sangue escorreu por debaixo de seu olho, um líquido em tom vinho e visivelmente denso.

O animal bateu as asas e voou a alguns metros do chão na direção de Will, que milagrosamente rolou para o lado esquerdo e disparou mais uma flecha, esta, no entanto, apenas bateu na dura pele do dragão e caiu.

— Ah… — Rebeca parecia pensar em algo, mas sua língua se embolou. Fazendo um esforço, ela disse — *Skjoldher*!

Quando o dragão estava prestes a se chocar contra as árvores, uma barreira azul reluzente surgiu, separando a floresta da orla em que estavam. A cabeça da criatura bateu com força no escudo e o fez tremeluzir de tal forma que Kutzo pensou que Rebeca não o fortificara o suficiente, mas ela parecia igualmente chocada, pois havia feito o melhor feitiço que sabia.

O monstro alado caiu no chão atordoado com o impacto. Seu pescoço parecia mole, enquanto ele se mexia procurando os lutadores. Sem nem pensar no que fazia, Kutzo conjurou uma corda para cada um de seus dedos e as prendeu nas asas do dragão. Ele juntou as sobrancelhas e mordeu o lábio tentando puxar o animal, mas era como tentar arrastar um tijolo de três quilos com um fio dental: a amarra, a qualquer hora, poderia se romper — o que inevitavelmente aconteceu.

Quando o dragão notou a presença do quarteto atrás de si, ele se virou agressivamente e fez as cordas de magia se romperem, fazendo Kutzo se desprender e cair. Usando um dos braços para amortecer a queda, ele encarou aquela gigante criatura monstruosa correndo em sua direção. Enquanto seu nariz doía pelo impacto com o solo, a cicatriz em seu punho ardia intensamente como se fosse romper.

— PARE! — berrou Rebeca. Sua voz estava alta, mas ainda estável. Para a surpresa de todos, o dragão parou assustado, parecia tentar entender o motivo do grito — Você ainda é um animal! Eu… Eu tenho esse dom e posso te ajudar, dragãozinho… Posso te livrar de Draco! — disse ela meigamente e olhando fixamente para a criatura.

Kutzo se virou para ela com o olhar atento, pois não vira a amiga tentando usar seu "carisma com animais" desde o Majeion. Então, ele estava depositando toda a sua esperança naquela ideia, torcendo para que desse certo.

O monstro parecia estar em transe, parado e encarando o rosto da menina, como se algo chamasse sua atenção. "Rebeca evoluiu seus poderes a esse ponto?" — Kutzo se perguntava maravilhado ao ver a amiga forte e com a postura imponente de sempre, como se pudesse dar um soco em qualquer espertinho que mexesse com ela.

Os olhos da garota estavam firmes e determinados. De repente, o dragão rosnou e um som invadiu a mente de todos: a voz do dragão de pó e do Fenrir e, o mais aterrorizante, a voz do homem encapuzado.

— Não adianta, zoóloga! — disse — Este dragão não vai cair em seu charme para animais... Ele já sucumbiu ao ódio de décadas! Agora me entregue a espada sagrada e pouparei as suas vidas!

O grande animal agora olhava para a espada na mão de Kutzo, cuja luz refletia nas escamas negras do dragão.

— Vocês são bons, mas ninguém enxerga isso! Desvendaram minhas marionetes... Seria ótimo vê-los ao meu lado, na construção de um novo mundo!

— Nunca me unirei a você, Draco! — disse Kutzo, que agora sentia sangue escorrendo pelo nariz, provavelmente, por consequência do impacto com o chão.

— Não? Uma pena... Terão que ser escravizados pelo Mestre Henriche e os seguidores de Ienzen. Se estivessem comigo, teriam liberdade!

— Cala a boca! — disse Will ferozmente.

— Liberdade? — ironizou Rebeca — Você nem ao menos mostra seus ideais, só palavras soltas! Magia pura, liberdade...

— Não há motivo para mostrar meus ideais a vocês. Mas posso garantir que eles não são apenas palavras, são ações...

No meio de seu discurso, Draco foi surpreendido por Ronald, que desembainhou as katanas e conseguiu, com dificuldade, fazer dois cortes na garganta do dragão. Apesar do golpe, a voz seguiu e não parecia ter sido afetada.

— Logo vocês, geração da tecnologia! Não sabem como funciona uma ligação? — a criatura ergueu sua pata enorme e jogou Ronald contra o chão — Se der um soco na tela do telefone, a ligação ainda continua. O mesmo acontece com esse dragão. São meus olhos e ouvidos, mas não meu corpo, felizmente... Bem, acredito que isso signifique que aceitam continuar como apenas marionetes de Henriche e de Bogoz e negam meus ensinamentos da nova paz... Já que não são dignos para ver o novo amanhecer de Dragonland, então, morram! — gritou a voz.

Kutzo viu as garras do monstro pressionarem o corpo de Ronald, que tentava se soltar, mas não obteve êxito. O garoto começou a gritar de dor e Rebeca sussurrou algumas palavras, que Kutzo não entendeu.

Ele decidiu pular por cima da cabeça do dragão e segurou seus chifres, puxando-os para trás.

Finalmente a criatura soltou Ronald, mas em seguida, tentou acertar Rebeca com uma rajada contínua de fogo, que só não a acertou, porque as chamas foram para cima, já que Kutzo ainda puxava seus chifres.

— Você tá bem, Ronald? — perguntou a garota.

— Nem um pouco... — respondeu ele, sentando-se com a mão no peito — ... Mas, pelo menos, acertei aquele cara! Agora vão! Eu vou me recuperar, só estou um pouco dolorido e... — Kutzo ouviu o que pensou ser as costas de Ronald estalarem. De fato, ele não estava bem.

— Aaaah! — berrou Rebeca, ao ser derrubada pelo monstro. Enquanto a garota o olhava furiosa, o dragão ergueu as garras afiadas para atacá-la novamente, mas com a espada, ela o afastou.

— Uau! — disse Kutzo surpreso com a força da amiga, o treino com o Mestre realmente a ajudou.

— Venham logo! Não vou ter força por muito tempo! — disse ela rindo.

Kutzo olhou para Ronald caído no chão, quase quebrado por causa de Draco... Ele não poderia deixar mais ninguém ser machucado por causa daquele tirano.

O garoto então ergueu a espada sagrada e viu, pelo canto do olho, que Will disparava algumas flechas flamejantes. As setas finalmente fincaram-se no dragão e este urrou de dor. No entanto, antes do próximo golpe, Kutzo saltou o máximo que pôde e prendeu a espada entre os espinhos das costas do dragão para escalar. Em seguida, viu os grandes olhos vermelhos do animal persegui-lo.

— OLHE PARA MIM, DRAGÃO MALDITO! — Rebeca gritou, enquanto Kutzo tentava fincar, novamente, a espada na grossa pele do animal.

— Sangue de dragão é tão nojento! — disse Will.

Naquele instante, a criatura pareceu ter entendido o plano de distração, então se balançou por inteiro e jogou Kutzo para longe. Porém, antes de se chocar com o chão, mais uma vez, o menino sentiu um chicote bater com força em suas costas e quebrar a sua armadura. A cauda do dragão o fez sentir como se um metal quente atingisse seu corpo, que ardia intensamente mesmo segundos depois do impacto, quando Kutzo tentava se levantar.

— Tô quebrado... — disse ele, tirando o elmo que o atrapalhava a enxergar bem o que acontecia.

Rebeca tentava lutar contra as garras do dragão, até que finalmente conseguiu cortar a pata dele depois de muita insistência. O sangue do animal espirrou por todo o chão e o membro cortado jazia no solo ao lado da menina, que parecia trêmula depois de tanto esforço e prestes a cair.

Furioso, o monstro urrava e o som de seu grito era tão alto que provavelmente era possível ouvi-lo lá de Austrópolis. Rebeca, já atordoada, caiu no chão botando as mãos nos ouvidos.

Depois de tanto tempo gritando, o dragão puxou o ar com a boca. E, naquele instante, era possível ver claramente o ódio crescendo, cada vez que o som de chamas queimando subiam por sua garganta.

Kutzo olhou para os lados procurando a espada, mas ela estava perto do animal e longe do seu alcance. Além disso, a de Dragonland estava com Wil, então seria impossível conter aquele fogo.

— REBECA! — os meninos berraram quando o fogo agora crescia por toda a boca do dragão, alimentando-se da dor que sentia pela mata cortada e pelo sangue que escorria.

— Eu tenho um plano! — disse ela sorrindo por trás do ombro.

A garota ergueu a mão e voltou seu olhar para o dragão, que soltaria as chamas em 3... 2... 1...

— *ORBIS boca*! — gritou.

E assim como aconteceu com o Fenrir, o dragão fechou a mandíbula abruptamente, antes de liberar o fogo. Ele urrou abafado, pois estava queimando a si mesmo, de tal modo que a fumaça saía de suas narinas e seus olhos arregalaram demonstrando sua dor.

— O ódio pode machucar a si mesmo, Draco! — disse Rebeca, levantando-se e virando-se para Will e Kutzo — Façam seus trabalhos!

Will atirou duas flechas na direção dos olhos do dragão, que até tentou fechá-los, mas não conseguiu a tempo. A criatura, após tanta dor, baixou a guarda, assim como sua cabeça. Kutzo, então, aproveitou o momento e correu em sua direção, saltando bem alto. No entanto, o garoto não conseguiu alcançar o crânio do animal.

Ele parou no ar, não crendo que iria perder o timing perfeito, mas, de repente, sentiu que era capaz de levitar até que conseguisse fixar seus pés na cabeça do monstro. "Como?" — pensou ele.

Olhando para o lado, Kutzo viu que Ronald havia lançado um feitiço, que o manteve erguido. "Ótimo trabalho em equipe! Nota dez!" — pensou sorrindo e fixando o olhar em seu alvo.

— *Adpareo!* — gritou ele, e a espada sagrada de Bogoz apareceu em sua mão.

E bem naquele segundo, o dragão voltava a recuperar os sentidos: era agora ou nunca. O menino então sentiu que a luz do sol refletia em seu corpo mais intensamente, como se o escudo de Rebeca estivesse sumindo.

— TOMA ESSA, SEU RÉPTIL DESGRAÇADO! — o garoto gritou, empurrando a espada com toda a sua força e fúria.

Foi difícil fincar a arma na cabeça da enorme criatura, pois seu crânio parecia ser feito de concreto, mas Kutzo lembrou-se das palavras de seu bisavô, sobre como a esperança deve ser usada contra o ódio.

Enquanto a espada penetrava a grossa camada de pele do dragão, Kutzo, durante aqueles milissegundos, pensava nos prédios caídos; nas crianças sem lar; em Ronald sem o pai; na senhora de Majille que perdeu o marido; na sua família correndo perigo e também no universo antes das pragas.

Por mais que não tenha perdido ninguém, aquela catástrofe mudou seu mundo para sempre... Para o mal, infelizmente. Mas a felicidade ainda existia lá fora, Kutzo sabia. Então ele focou-se na esperança de uma sociedade melhor, usando a fé de ter novamente um lar e de que tudo aquilo iria acabar, para motivar a lâmina a entrar no crânio do dragão negro. "Agora eu aprendi: ISSO É SER UM LUTADOR!" — pensou.

A criatura cambaleou e finalmente tombou no chão, com Kutzo sobre sua cabeça. O garoto deslizou pelo crânio, agora imóvel, e caiu sentado com as mãos segurando o cabo da espada.

Ele olhou para os amigos que chegavam mais perto, lentamente, como se algo tóxico estivesse diante deles. Ofegante, o garoto sentia como se tivesse usado um feitiço muito forte. Mas é claro que usara: a esperança.

Levantando-se com cuidado, Kutzo tirou a espada da cabeça do dragão, tentando ignorar o fato de a arma estar banhada de sangue, e com pedaços da escama que cheiravam a algo inflamável. Ele colocou a espada na bainha, ainda sentindo nojo, e viu o tamanho do estrago que tinha feito. Sem dúvidas, era impossível que a criatura ainda estivesse viva.

— Eu fiz isso? — perguntou um pouco chocado.

— Fez! — respondeu Will, carregando Ronald pelas costas, pois o menino parecia bem fraco — Nossa! Você tinha que ver! Os olhos do dragão brilharam em azul e PUM! No chão! Você foi um lutador top de linha! — elogiou.

Kutzo conseguiu sorrir, pois havia vencido. Finalmente. Rebeca correu em sua direção e o abraçou tão forte que parecia que suas costelas iriam quebrar. Ela ergueu a mão do garoto, e a sua própria espada, sorrindo de orelha a orelha, e com o elmo torto em sua cabeça.

— O QUARTETO VENCEU! TOMA ESSA, DRACO! — comemorou.

E foi aí que a espinha de Kutzo congelou. Ao pé do ouvido, ele conseguiu ouvir um crescente ruído. À medida que era mais audível, ficava mais arrastado... Até se tornar uma risada.

— Insolentes crianças! Presunçosas! — disse a voz de Draco, vitoriosa — Acham mesmo que iriam me vencer? Acreditaram que vocês seriam os heróis? Ah, não! Vocês são meus peões... São muito orgulhosos se acreditam que me liquidaram! O Mestre vem tentando me destruir desde muito antes dos lutadores alemães iniciarem a Segunda Guerra Mundial!

— Aaaah! Não pode ser verdade... — com a voz fraca, Ronald disse, olhando em volta, enquanto procurava alguém.

Kutzo fitou o dragão e viu que a criatura estava de olhos e narinas fechadas e que sua cabeça fora explodida por uma espada milenar... Definitivamente estava morto!

— Oh-oh! — disse Will, avistando perigo.

Das moitas e árvores que circundavam a clareira surgiam diversas criaturas. A maioria Kutzo nem conseguia nomear, mas notou que havia gullinbursti, ofiotauros (muito mais assustadores pessoalmente), ferronstros, dois majeions, corujas enormes, pequenas moças aladas de, pelo menos, 40 centímetros (fadas), aranhas-chifrudas e outros tantos animais.

— Mas eu destruí seu dragão! — berrou Kutzo, o que deixou os animais ainda mais irritados, de maneira que eles começaram a bater na barreira de Rebeca, dando a impressão de que iria trincar a qualquer momento.

— Sim, sim! Muito inteligente, aliás! O dragão era somente uma bateria... Eu pegava a magia dele através do meu real reservatório, acumulando muita magia ao passar dos anos.

— N-não pode ser! — Rebeca gaguejou espantada e, olhando para os amigos horrorizada, apontou para o dragão negro.

De sua cabeça aberta, saíam pequenas partículas de poeira que dançavam ao vento. Kutzo não conseguia acreditar no que via.

— Era de poeira? — ele perguntou indignado.

— Mas como? O dragão destruiu tudo e era só... mais um? — disse Ronald, colocando a mão na boca como se estivesse enjoado.

— ME MOSTRE SEU REAL RESERVATÓRIO! — berrou Will.

— Me dê a espada! — pediu Draco.

Will desembainhou a espada de Dragonland e gritou:

— VEM PEGAR! — mas antes que o garoto pudesse erguê-la, sua mão foi ao chão como se estivesse segurando algo muito mais pesado do que o artefato mágico.

— Bogoziano demais da sua parte... — observou Draco — Krosianos não sabem seus lugares... Triste! Agora, eu ordeno! Entreguem a espada e juro pelo dente de Junzen que nenhum outro civil será machucado.

Kutzo ergueu a voz e tentou colocar toda a sua coragem em nas palavras que dizia, mas, mesmo assim, achou que soava medroso:

— Nós não deixaremos!

— Tudo bem então! Tentei ser gentil...

Quando os animais finalmente quebraram a barreira, Kutzo, Ronald, Will e Rebeca tiveram poucos segundos para estarem prontos para a luta. As criaturas que dispararam na direção dos garotos pareciam "programadas" como robôs e apenas corriam furiosas com o mesmo objetivo: acabar com os quatro.

Por mais que tivessem esse aspecto robotizado, os animais prestes a atacar eram terríveis feras, que se atropelavam e destruíam tudo o que viam pela frente. E para piorar, eles eram rápidos, e a clareira tinha pouco mais do que sete metros de raio.

Para tentar se proteger, Ronald se jogou no chão, o que não pareceu muito inteligente. Will, por outro lado, estava protegendo com o pé a espada de Dragonland e procurava, freneticamente, pelas flechas em sua aljava. Já Kutzo e Rebeca levantaram suas espadas e colocaram-se a postos para a batalha.

A horda de animais se aproximava e, a qualquer momento, iria acertá-los, marcando o fim da história daqueles quatro amigos... Claro, se Kutzo não tivesse percebido um brilho pelo canto do olho.

Olhando naquela direção, o garoto viu uma luminosidade diferente, como se a luz do sol estivesse dentro de uma bola, ou... num orbe! E naquele instante, tudo se encaixava na cabeça de Kutzo e o mistério fora resolvido.

As criaturas estavam a dois palmos de distância, quando o garoto bateu com a espada no orbe camuflado. Um estrondo metálico zumbiu nos ouvidos de todos, e um clarão consumiu todo o campo de visão de Kutzo.

O jovem lutador se jogou no chão cansado e desorientado pelo zumbido infernal em seu ouvido. Quando o clarão desapareceu, ele respirou pesadamente e ainda via tudo muito embaçado. Além disso, sentia que, por algum motivo, o ar cheirava a algo queimado.

Kutzo ergueu o pescoço rapidamente e balançou a cabeça algumas vezes, até que sua visão ficasse perfeita novamente. Como podia ver, ele ainda estava na clareira, no entanto, as centenas de criaturas tinham desaparecido. Ao observar o chão, percebeu que havia muita poeira sobre a grama, como uma espécie de neve composta pelos restos mágicos dos animais.

De repente, ele se deu conta de que o orbe havia sido destruído, reduzido a pedaços de ouro e pequenas pedras preciosas espalhadas pelo chão. No minuto seguinte, duas mãos o levantaram: era Will que sorria abertamente para o amigo, igualmente zonzo.

— Você salvou nossa vida! Como? — perguntou ele para Kutzo.

— O orbe... — disse o garoto, ainda surpreso com o fato de que sua última esperança tinha dado certo.

Rebeca então se aproximou, ajudando Ronald a se levantar com apenas uma das mãos, já que na outra, a garota carregava uma pequena bola de pelos dourados.

— Viva! — comemorou Ronald com o rosto sujo de grama.

— Rebeca, o que é isso? — perguntou Kutzo, apontando para a bola de pelos.

— Um... — ela ofegava, então achou melhor apenas mostrar.

Em suas mãos, havia um pequeno javali com pelos dourados e dois dentes miúdos que cresciam ao lado de seu minúsculo focinho. No topo de sua cabeça, era possível ver um tufo de cabelos áureos, o que possivelmente seria o início de uma crina.

— UM GULLINBURSTI! — disse Kutzo espantado e procurando, rapidamente, os olhos do filhote, constatando em seguida que eles eram negros como besouros e não vermelhos.

— Ele deve ter atravessado o escudo por engano, seguindo os gullinbursti de Draco... E quando teve o clarão... Se escondeu no meu braço — disse Rebeca, observando o filhote com um olhar de pena — É tão fofinha, né? — completou.

— Você quer ficar com isso?! — Will perguntou.

— É claro! Como zoóloga, tenho que aprender a cuidar de animais mágicos! — a garota acariciou a pequena criaturinha algumas vezes — Ela gostou de mim, nem me mordeu quando a peguei no colo... Vou chamá-la de Abby!

— Bem-vinda ao quarteto, Abby! — disse Kutzo, abrindo um ligeiro sorriso, ainda achando estranho a amiga ter, como animal de estimação, uma criatura que há um minuto estava entre os inimigos.

— Animal conta como integrante? — perguntou Will de maneira debochada.

— Claro! Você é parte do quarteto! — Ronald disse e todos riram, aliviando a tensão que carregavam até então.

O sentimento de vitória tomou conta de Kutzo como se fosse parte do ar ao seu redor. Finalmente ele tinha descoberto a glória de derrotar o inimigo de que tanto ouvia falar por meio dos antigos lutadores. Ele havia vencido Draco e isso era incrível! Não seria a primeira nem a última vez que a bondade das crianças salvaria o dia no reino de Kros.

O quarteto e Abby seguiram para a torre do Mestre Henriche comemorando o triunfo e o fim da terrível ameaça que os assolava... Por enquanto.

Capítulo 21

Os heróis

— A magia os escolheu — respondeu o Mestre, quando indagado pelos quatro sobre as espadas — É de fato curioso... Nunca vi algo assim acontecer, isto é, as duas espadas terem o mesmo portador...

— Não quero pensar que tenho ideais dracônicos... — brincou Kutzo, guardando as espadas na moldura e acrescentando — Aqui ficarão em segurança!

— Se quiserem, poderão ficar com a de Bogoz! Eu permito... — disse o Mestre.

— Ah, senhor... — Kutzo tentava organizar as palavras.

— Eu insisto, na verdade! — afirmou o velho homem.

Will deu um sorriso e balançou o ombro de Kutzo de um jeito que ele quase caiu. Orgulhoso do amigo, o menino falou:

— A espada foi até ele... E ele se mostrou o mais corajoso entre nós! E poderoso também!

— Will tem toda a razão! Não conseguiríamos nos livrar dos duendes sem ele! — disse Ronald.

— Se vocês insistem... Então, eu serei o dono da espada de Bogoz! Muito obrigado, Senhor Henriche!

— Ela o escolheu, meu jovem, era o mínimo que eu poderia fazer!
— disse Henriche.

Kutzo empunhou novamente a espada, olhando cada detalhe, sobretudo, os desenhos forjados sobre o punhal de bronze e a lâmina atraente.

— Não conseguirei usá-la sem treinamento, Mestre. Então, será que meus amigos e eu...

— Claro! Adoraria dar continuidade ao treinamento de vocês! — com os olhos verdes brilhando, o homem estudava os quatro aprendizes, que quase pulavam de alegria — Tive a mesma reação quando o Mestre de Bogoz aceitou me guiar junto dos... meus velhos conhecidos!

— O senhor hesitou! — observou Rebeca, intrigada.

— Não... E não use o que ensinei contra mim, mocinha! — o Mestre riu e Kutzo lembrou-se da aula de observação, no quarto dia na torre — Agora! Vamos à Majille festejar a vitória!

Ao crepúsculo do dia seguinte, Kutzo chegou à praça de Majille com sua família. O vento estava congelante e a neve caía como açúcar sobre os telhados dos chalés próximos.

Observando as pessoas ao redor, o garoto reconheceu a senhora que procurava pelo marido. Ela estava em um banco rindo alegremente com um homem de cabelos grisalhos que, provavelmente, era seu companheiro, salvo dos Majeion graças ao fim dos animais de pó, que sumiram quando o orbe foi despedaçado.

Os pais de Kutzo estavam muito mais do que orgulhosos pelas realizações do filho. Carol, sua irmã, não parava de fazer perguntas sobre a luta, e até o gato, Floquinho, parecia estar animado em vê-lo novamente. Com a família reunida na praça, o avô e o bisavô de Kutzo, Edward e Sérgio, contavam histórias sobre a época em que participavam de missões, de pai e filho, para enfrentar quimeras e outras criaturas.

Kutzo aproveitou uma pausa na épica história e se retirou de perto dos familiares para procurar o quarteto. Afinal, por mais que tivesse sentido saudade de cada um que ali estava, não havia nada melhor do que estar com os amigos.

O garoto encontrou Rebeca, que usava um longo vestido roxo e um casaco de pele, acompanhada por Abby, a gullinbursti. Por um momento, olhando para a amiga, Kutzo achou que seu blazer preto e gravata eram um pouco informais.

Em seguida, o menino esbarrou com Will, que estava na companhia da Sr.ª Mellur e de Mikha. E por último encontrou Ronald com a mãe, que não parava de abraçá-lo, dizendo que o pai estaria muito orgulhoso.

Os quatro amigos andaram juntos pelo vilarejo, conversando com colegas e professores da academia, que não paravam de parabenizá-los pelos feitos heroicos. Depois de um tempo, sentaram-se em uma mesa, bem no meio da praça, iluminada por uma vela, e conversaram ao som da música ao vivo, tocada pelos maiores bardos do reino, em violinos que emitiam a doce melodia da música clássica Krosiana.

De repente, a melodia foi interrompida e um dos trovadores soprou sua trompa de maneira tão alta, que mais parecia um rugido. Depois, anunciou solenemente:

— A família real chegou à Majille!

O cortejo entrou na praça tendo à frente uma garota que Kutzo reconheceu na mesma hora. Usando um verde-esmeralda e o cabelo preso por um rabo de cavalo, a princesa Luana de Kros dirigiu-se a eles simpática:

— Boa noite! Imagino que este seja o quarteto que derrotou o dragão... Foi muita coragem de vocês, salvaram o dia! Se não me obrigassem a ser tão formal, diria que vocês "mandaram bem pra caramba!" — Luana riu, escondendo a boca com as costas da pálida mão.

Os garotos trocaram mais algumas palavras com a princesa que, antes de sumir na multidão, disse que gostaria de revê-los logo. Apesar do status de realeza, a menina era muito simpática e divertida, tinha até assuntos muito parecidos com os daqueles quatro amigos; era quase uma pré-adolescente "normal", não fossem os dois guardas atrás dela.

Mais para o fim da festa, a luz do luar clareava todo o vilarejo com sua beleza. O quarteto, então, aproveitou a linda noite para passear e conhecer melhor o lugar, que não tiveram essa oportunidade durante a missão. Ao chegarem perto de uma loja de souvenirs para comprar lembrancinhas, Kutzo, Will, Ronald e Rebeca viram o Mestre Henriche, que trajava suas vestes vermelhas formais, de uso habitual, conversando baixo com Sérgio, na porta do estabelecimento.

— Ele está voltando? — indagou Henriche aos sussurros.

— Certeza absoluta, mas não temos como lutarmos nessa batalha...

— Acha que devemos comunicar a Liga?

— Não, Henriche! Sei exatamente quem deveria chamar...— Sérgio se virou para o quarteto e Kutzo tentou desviar o olhar para não parecer fofoqueiro.

— Acho que sei sim...

Os meninos não faziam a menor ideia do que os senhores tramavam, mas tinham certeza de que era algo importante e que deveriam ter coragem, assim como na última missão. Kutzo olhou para os amigos, que lhe retribuíram o olhar, ansiando pela nova aventura.